睡在你的回忆里

睡在你的
回忆里

Sleeping in Your Memory

周宏翔 著

江苏凤凰文艺出版社
JIANGSU PHOENIX LITERATURE AND ART PUBLISHING, LTD

图书在版编目（CIP）数据

睡在你的回忆里 / 周宏翔著. -- 南京 : 江苏凤凰文艺出版社, 2018.7

ISBN 978-7-5594-2116-6

Ⅰ. ①睡… Ⅱ. ①周… Ⅲ. ①长篇小说—中国—当代 Ⅳ. ①I247.5

中国版本图书馆CIP数据核字(2018)第104376号

书　　名　睡在你的回忆里
作　　者　周宏翔
策划出品　惊池文化
出 品 人　王肃超　李　格
责任编辑　姚　丽
责任监制　刘　巍　江伟明
出版发行　江苏凤凰文艺出版社
出版社地址　南京市中央路165号，邮编：210009
出版社网址　http://www.jswenyi.com
印　　刷　三河市金泰源印务有限公司
开　　本　880毫米×1230毫米　1/32
字　　数　200千字
印　　张　9.25
版　　次　2018年7月第1版　2018年7月第1次印刷
标准书号　ISBN 978-7-5594-2116-6
定　　价　42.00元

目 录

自序

爱情最初的模样

其实对于爱情最初的模样，我也不甚了解。很多年前，别人问我，你知道爱情是什么吗？我说不知道，因为我没有经历过，其实那时候是撒谎，自己悄悄地喜欢班上成绩非常好的一个女孩子，但是这种喜欢就局限在遥遥观望的状态上。那种青涩的暗恋，其实是一种很美好的状态。

每一个校园里都应该有桀骜英俊的男生，也有可爱善感的女生，而处于之间的，也有那些默默喜欢着这两类却永远把感情埋在心里的人。常常谈不上如何喜欢，为何喜欢，喜欢哪里，但是就不自觉地将对方放在了心底。

我写过很多故事，欢喜的或者悲情的，总归有各式各样的人生，也不单单局限在校园，但每次和别人提起自己写的小说，问及关于什么，我说成长，他们就说是言情小说。我不置可否，只是笑着不说话，其实我没有写过多么言情的故事，因为情爱在我心中仅仅只是生活的一部分。我更喜欢那些小细节，关于男生和女生之间的对话，不管他们是不是情侣，或者只是很要好的朋友，男生和女生之间总有些让人听起来温暖的对话，好像是在岁月里慢慢膨胀的压缩饼干，多年之后，回味起那些点滴的片段就会觉得声势浩大。

写作的这些日子来，我尽可能将自己的文字变得多元化，来来去去，写着不同的人生，但大部分的主角都是经历花海之后看见三千无垠的沙漠，荒凉无比的结局，让我觉得这一辈子好像总是走向黑暗的末端。以前的我一直觉得，爱情或许是一个单调乏味的话题，无非是男男女女，你爱我，我爱她，她又爱着别人，但我在大学校园度过的这两年里，看着身边的人恋爱又分开，总觉得爱情好像和闹剧别无两样。后来听寝室的兄弟说，其实一直觉得即使两个相爱的人，走在一起，什么话也不说，哪怕不牵手，也会觉得甜蜜，听着他说的时候，我突然很想哭，明明是朴实简单的一句话，却好像勾起了我很多年前对爱情的看法。

于是我决定写这本《人生海海》，写一本真正关于爱情的故事，或者说，更像是一段岁月的童话。

书名来自五月天的歌名，后来索性章节名也大部分都用了五月天的歌。

很多年前，我不开心的时候就在博客上发牢骚，有很多朋友在下面留言劝解，而我记忆非常深刻的是，某人说，如果不开心，就去听五月天的歌，总会让你忘记一些烦恼的。这些年来，我一直听着五月天的歌，一听就听了五六年。围墙问我为什么五月天红了这么多年还在红，我说，因为他们的歌总是给人带来勇气和力量，你不觉得吗？

很多个夜里，我骑着单车从教学楼回寝室的路上，总是看见那些亲密的恋人牵着手在校园路上漫步，拥抱，亲吻，我觉得世界还是很美好的，那种纯纯流动的感情，在我眼中，就像是毫无瑕疵的璞玉。其实在这个大千世界里，并没有谁刻意包容万事万物的不完美，而乐观地活着，但是我却希望自己能有这样一种生活态度来引导自己，所以，我给自己的男主角取了一个“海阔”的名字，也是因为他的胸怀能够容纳百川，与其说我赋予了他生命，还不如说他给予了我勇气。

我喜欢靳海阔，因为他让我看到了我笔下不一般的人生，让我知道其实我并不是一个厌世逃避的人。所以，这本书应该还是算温情治愈的故事吧。

如果你想知道爱情最初的模样，我想翻开这本书或许能够告诉你些许的答案。

无尽的感动和爱，最初才是最美的。

周宏翔

楔　子

音乐会刚刚结束，人潮涌动的街头灯火阑珊，抬头望去，天色模糊一片。

张祥森将车从车库开出来的时候，白茫茫如绒毛一般的雪花落在车窗上。会场里还回荡着当晚最受欢迎的曲子——《You've Got to Hide Your Love Away》，当晚整场音乐会复原了披头士很多经典曲目，而这首无疑是最为成功的。在现场，张祥森突然想起了什么事情，明明是那么苦涩的歌词，却在此刻让他在头脑里闪现了一抹笑容。

他把车停在了会场边上，程晨漾着笑容，试图伸手捧起雪花，"真是个神奇的夜晚……"张祥森没有应答，只是下车帮自己的妻子打开了车门。然而纵眼望去，这样的天气在墨尔本并不平常。

程晨一手抱着刚满一岁的孩子，侧身坐进副驾驶的位置，用手轻轻地点了点孩子的鼻子，她侧头望向张祥森，"还要去吃夜宵吗？"

张祥森踩动离合器，“想吃点什么？”

程晨右手的食指放在下巴上，思考了片刻，“呃，最近楼下不远的地方开了一家新店，要不要去试试？”

张祥森微微点头，“小宝贝睡了吗？”

程晨笑着说：“睡了，好在后半场的音乐都是轻缓的，睡得很香。”

程晨这些年都没变，依旧带着少女时期甜馨的笑容和少许的任性，语气中还有一丝撒娇的意味。

张祥森的车开得很慢，这是他往常的习惯，自从孩子出生之后，他更注意开车时候的安全问题。遥遥望去的路上，零星的灯光好像瞌睡人的眼。“呃，刚才离场回放的那首歌，还记得吗？”程晨扬眉，将目光从孩子挪到张祥森脸上，“哪首？”他扳动方向盘，拐进了临家附近的小道，“不记得了吗？那算了。”

张祥森是突然想起那一抹笑容的，好像冬天里顷刻融化冰雪的阳光。刚才那首歌是披头士乐队较为有名的一首音乐，翻译过来是“你得藏起你的爱”。他不知道自己的思绪飞到哪里去了，突然一个猛刹车，险些撞到了过路的黑猫。

程晨抱着孩子，额头差点撞在车玻璃上，皱眉问：“怎么这么不小心啊？这可不像你！”程晨护着孩子，责怪自己的丈夫，“心事重重的，是不是发生了什么事啊？”张祥森摇摇头，“我看，别吃了，送孩子回家睡觉吧。”

程晨的脸上失去了刚才的愉悦，也没有对此作任何回答，倒是张祥森当作她默认，径直将车开往了回家的那条路。自从结束这场音乐会后，张祥森的眼皮就时不时地跳动，诚然不是什么好兆头。程晨从后座取下外套，顺势为孩子盖上，“一开始就说不吃好了啊，真是的……”张祥森浅浅一笑，试图护着妻子的肩，但程晨快步向前，生着闷气。

张祥森把车停好后，慢慢走到楼梯口前，城市的夜空黯淡无光。和程晨在墨尔本的这四年里，安静而平和，有时候，他甚至怀疑这样安逸的日子是不是一个梦。程晨是一个好妻子，虽然在很多事情上闹着小脾气，但是依旧可以把家务与工作处理得头头是道。

此时的街道好像响起了那首《You’ve Got to Hide Your Love Away》，当然，张祥森知道这是幻觉，静谧的大街上什么声音也没有。四年过去了，那张脸依旧清晰地闯入他的脑海里，接踵而至的，就是那一抹像阳光一样透明的笑容。

妻子抱着孩子沿着公寓的楼梯往上走，而他迟迟不愿走上去。或许人长大后就是这样，因为一点点事情牵扯起许许多多的记忆。艾宾洛斯曾经揭示过遗忘这回事，先快后慢，到达饱和，就成为一条直线。

而预兆这回事情，比遗忘来得更猝不及防。

一周之后，张祥森下班回家，按照惯例在楼下的甜品屋买两盒牛奶及一盒蛋挞。孩子闭着眼睛在摇篮里面安睡，阳台上飘着前几天洗干净的衬衫，程晨还在公司工作，冰箱上留了备忘的纸条。保姆应该刚走不久，因为地板的水渍还没有完全风干。

电话是在这个时候打来的，好像算好了时间，不早不晚。

张祥森一直以为会是程晨的电话，或者是快递员的电话，即便不是，也是公司打过来的，然而接起电话的瞬间却让张祥森有些出乎意料。

"喂……"

"是小森吗？"母亲的语气中带着些许的不确定，这样的越洋电话确实来得不多。

"妈？是我……"一时间还没有习惯过来，或许是长时间没有听到乡音，"怎么了？"

电话那头的声音很小，或许是距离太远了，勉强听见电话那头微弱的声音，"是这样的，前几天一直有墓园的电话打过来，说是找你的，好像说迁墓的事情。"

张祥森的胸口一紧，"迁墓？"心中隐约知道发生了什么，"对方有留电话吗？"

母亲窸窸窣窣地从附近找来电话，"有的，你记一下，不过是怎么一回事呢？"

张祥森没有回答，快速记下了号码，"没事，有空再和你说吧。"

挂断电话后，张祥森抖了抖烟盒，抽出一支烟，这些年，一直瞒着程晨，戒烟的事情对于男人来说，还是太奢侈了。吸烟的次数是明显减少了，但凡工作压力大或者遇上烦心事的时候，还是会抽一支。张祥森看着纸条上的电话号码，拨了回去。

"你好，柴佳山公墓，请问有什么事情吗？"

"是这样的，我想问下，是不是因为道路改建，墓地需要迁移？"

"对，请问你是哪位亡者的家属？"

"A区11-6，靳海阔。"

程晨坐晚班车回家的时候，几个喝醉的黑佬正坐在后排唱歌。接到张祥森电话的时候，她刚刚处理完最后一批文件，时间已过晚上八点，张祥森说："回来有事和你商量。"语气匆忙，程晨还没来得及问，丈夫已经挂了电话。

有时候，她受不了丈夫的脾气，总是冷漠得像墨尔本附近高山上的冰雪，从第一次遇见他到现在，从来没有变过。不过程晨能感受到他对自己的爱，他也爱这个家，考虑到这一点，程晨的抱怨又会减少几分。婚姻和爱情不一样，这是她在上学时就经常听到的话，要说到底之间差了多少，程晨觉得差的大概是年少时内心的那种悸动，不再有新鲜感，墨守成规，波澜不惊……程晨突然想起一个人，慢慢露出了微笑，她想，要是那个人现在出现在自己身边，看着已为人妇的她，会说些什么呢？

墨尔本的冬天并不冷，夜晚也有十摄氏度以上，那夜的雪纯属一场意外，却来得让人倾心。

程晨突然想起那一夜张祥森奇怪的神色，与今夜商量的事情多半有关系。

回家之前，程晨去了同事Lucky的家，Lucky是当地人，这个名字是他的绰号，前些日子，他帮小宝贝画了一张油画，程晨顺便去取了。其实去他家也是希望能够因为他而幸运，心中躁动不安，看着孩子可爱的画像，又稍稍平和一点。

在墨尔本的这些年，程晨忘记了很多事情，或者说，是生活太过安稳幸福，让自己很多记忆都封锁了起来。她很享受现在的日子，虽然两夫妻拌嘴也是常有的事情，但就像刚才说的，没有大风大浪的波澜不惊，也只是少了年少时期的一点悸动而已。

这样，就很好。

张祥森在厨房为程晨热好了菜，程晨一回家就抱起孩子亲了一口。放下孩子进入厨房，从身后抱住张祥森，“帅哥，在做饭吗？好香啊……”张祥森依旧淡淡一笑，“行了，先吃饭，吃完了和你商量个事儿。”

程晨坐在饭桌前，看着丈夫为自己热的菜，心里漾起暖暖的温馨。“孩子喂过东西了吗？”

“当然，我又不是继父，总不会虐待孩子吧。”

“哈哈，看你紧张的样子，好可爱……”程晨笑起来的时候，脸上有两个酒窝。

“你看你，都当妈的人了，还一天像孩子一样。”

“法律规定不能吗？”程晨夹了一块肉咬在嘴里，“说吧，什么事情啊？”

“我可能要回国一段时间。”

程晨突然停下了吞咽的动作，“是爸妈有什么事吗？”焦急的眼神看得张祥森浑身不自在，“不是，爸妈好着呢，是有别的事。”

“那是什么呢，这么突然，都没和我商量。”

“我不是在和你商量吗？”张祥森尽量保持平和的语气。

程晨放下筷子，“那如果我不同意呢？”

“那我也要回国一趟。”

“你这是叫商量吗？！”

当然有些事情是没有办法解释清楚的，在程晨扔下“你今天就得和我说清楚”这句话之后，张祥森只是站在阳台上，看着暮色四合，没有开口解释一句。

他当然清楚，这些年过去了，她在自己面前永远还是那副坏脾气。多年前，在校园里，她也是穿着驼绒大衣，闪烁着美丽灵动的眸子，像小女孩一样撇着嘴生气，但是那时候的张祥森就和现在一样，什么话也没有说，留下一抹背影匆匆离去，剩下生闷气的程晨自己。

好一会儿，还是程晨先妥协了，她不看张祥森，低头看着宝宝说："那我带着宝宝和你一起回去。"程晨咬着嘴唇，"总之，你不能丢下我们。"

"我又不是不回来了。"

"我不管，明天我就去向老板请假，如果不批，我就辞职。"

张祥森瞪着眼睛看着程晨，"你疯了？"他有些气急败坏，实在想不到程晨会说出这样的话来。程晨放下孩子，"那到底是怎么了？你分明就是有事情瞒着我。"

"我的一个朋友去世了，我得回去看看。"

"谁？"

"你不认识。"

程晨狐疑地看着张祥森，"我不认识？"

"我心情很不好，真的，我们今天不讨论这个好吗？我的一个高中同学，出了车祸，说走就走了。我真的很难过，也不想和你吵什么。"程晨看着张祥森一本正经的神色，突然有些内疚，"你又抽烟了？"张祥森注意到烟头还在茶几下面，点了点头，程晨知道，只有在他心烦的时候才会抽，有好几次都偷偷看到，程晨长长舒了一口气，伸手去够张祥森的手，试图终止这场无谓的争吵，"那你，早点回来。"

"嗯。"张祥森点了点头。

尽管如此，翌日的清晨，程晨还是早早起身帮张祥森收拾行李。张祥森微微睁开双眼，看见妻子取下柜子里的衣服，一件一件叠好放进箱子里。

两个人都很久没有远行了，所以程晨尽可能地考虑周全，四下寻找看有没有遗忘的物件。

“毛巾，牙刷，衣服……”张祥森从背后抱住了她，她却试着挣脱开来，“行了，别弄，让我想想还有什么没带……”她仔细清点着行李里的东西，“对了，护照，最重要的东西差点忘记了。”张祥森笑着说，“呃，在抽屉里，我去拿吧。”程晨却先他一步，拉开了抽屉，起手拿起护照的时候，突然有什么东西从里面掉了出来，程晨弯下腰拾起那张类似银行卡的卡片。

张祥森缓缓地走进房间来，“怎么了？”

程晨下意识地收起手上的卡片，“没什么，好啦，东西准备得差不多了，我送你出门吧。”

通向机场的车上，程晨想起口袋里那张卡片，边缘剪得光滑而精致，上面是用彩笔写的字，虽然因为长久的放置已经有些褪色，但是程晨清楚地知道上面写的什么。记忆这东西，有些部分总是因为时间的沉淀而越加明显，张祥森的目光没有扭向自己，程晨的手却微微颤动着。

“祥森，你回去的时候……”

“怎么了？”

“没什么，我说你回去的时候，帮我问候下爸妈，顺便去看看我爸妈。”

“嗯，肯定的。”

“还有……”

“说吧。”

“照顾好自己。”

张祥森上飞机前，用带着胡须的脸蹭了蹭小宝贝，“记得想爸爸。”孩子瞪着水灵灵的大眼睛看着自己的父亲。程晨站在安检口外，看着丈夫离开，突然间想起多年前，另一个人也是这样离开的。

而此时，心中却突然漾起一抹阳光般的微笑，也是那个时候，这个笑容支撑着自己走过了最难忘的日子，她看着手上那张卡片，“给程晨的心意卡”，然后突然难过起来。

“我的生日礼物呢？”

“呃，这个，给你。”

“这是什么啊？”

“给程晨的专属礼物。”

多年后的现在，她依旧记得二十岁生日的夜晚，那个少年把这张精致的卡片放到自己的手上。

“这是什么东西啊？”

少年摸着脑袋，然后笑着说：“这张卡片可以许三个愿望，只要我能做到的，你都可以许，但是只有三次……”

程晨看着上面幼稚又可爱的字体，“这么少啊？！那我第一个愿望，就是再要一张这个卡！”

少年说："太贪心的话，三个愿望都会落空的！"

很久以前，当大家都还那么年轻的时候，从来没有想过以后的事情，婚姻也好，事业也好，好像都太过遥远了，但是短短的四年过去了，在离开大学之后的这些日子里，程晨从来没有一刻这么想念过一个人，看着丈夫的身影消失在安检口的那瞬间，她突然开口，刚才想说的话，都说了出来，但是，他不会听到了。

"如果可以，你能去找找靳海阔吗？我想知道他现在怎么样……"

程晨坐在回家的巴士上，看着飞机划过蔚蓝的天空，孩子安静地睡着了。

是在这个时刻，阳光穿过层层叠叠的云层落在地面上，看到这些，程晨突然有些难以自禁的悲伤，六月十二日，墨尔本，晴。

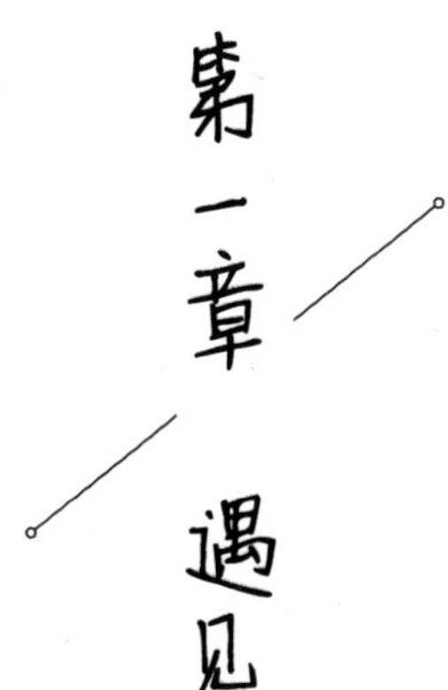

第一章 遇见

BGM：《遇见》——

阴天 傍晚 车窗外

未来有一个人在等待

向左 向右 向前看

爱要拐几个弯才来

【海阔】

有很多人说，活着真没意思，还不如死了算了。

当我十岁的时候，看见电视剧里的女主角扯着男主角的衣服声嘶力竭地吼出这句话时，我就觉得那个女孩真傻。

或许我什么都不懂，也无法去评点别人的这样那样，甚至你可以说，我才十岁，连青春期都还没进入，哪里知道这些情情爱爱有多么痛彻心扉。

对此我只有淡淡一笑，然后拿出作业本和钢笔，做我的作业。

其实我觉得生活什么的，真的不用看得太重，好比我出生到现在，我亲爱的妈妈每天都在海外的各个商业街谈论她引以为豪的生意，而我爸爸更是天南地北找不到人地追求着他的梦想，除了一张我一岁时候一家人的全家福被我挂在写字台前，每天反复欣赏十几遍以外，我根本不知道所谓的家庭到底是什么样子。

“靳海阔……”

“在！”

“这次家长会是小学阶段最后一次家长会，你无论如何要叫你爸妈过来。”

“是！”

看我答应得多爽快，但是家长会的第二天，老师又会把我叫到办公室。

“靳海阔。”

“在……”

“之前我说什么了？”

“我叫了，他们没过来吗？”

我极少见到我的父母，更不要说除我之外的人。他们不过元旦，不过春节，不过中秋，于是所有原本该一家人聚在一起的传统节日，他们都从来不回来。

这些日子，我就跟着奶奶坐在饭厅里，吃着她煮的元宵和买回来的月饼，当然像“温柔”“善良”“和蔼可亲”类似的词语，都永远和我奶奶联系不上，她总是阴沉着脸，对着我说：“谁骂你是没爹养没娘教的孩子，就给我打，打到医院了，我去付医药费！骂你的那些狗子才是没爹养没娘教！”

看，我奶奶是一个多么可爱的小老太。自从爷爷去世后，她就一个人把我爸带大，然后看着他结婚生子，又看着自己的儿子和媳妇离开，继续把我带大。

对此，我感到无比知足，因为我的童年没有人嫌弃我，我也不用让我奶奶花多余的钱去医院帮我收拾烂摊子，但是老太太就总是在麻将桌上，指着我说：“这小子，没一点魄力，一点不像我带大的。”

在我十二三岁，刚上初中时，附近的男孩子都开始学抽烟、追女孩了，我还傻乎乎地背着书包，为着每天的作业做不出而着急。每次看到自己的名字挂在光荣榜上的时候，奶奶就为我做一次红烧肉，她从来不笑，阴沉着脸，然后说：“你爸没你这么出息过，看来，你是遗传了我的。”

中考的作文是“我的理想”，我没有高谈阔论自己到底想要做什么，甚至把“理想”和“梦想”混为一谈，严重偏题导致我的中考成绩并不理想，奶奶不做红烧肉了，改了小葱拌豆腐，她说：“你果然还是你老爸的儿子。”

虽然中考失利，但我还是进了市里的重点高中，因为我妈随便从卡里划一笔钱都可以把人砸死。于是，我在此刻又深深感受到了母爱的伟大。奶奶却不太高兴，她把我妈寄来的钱扔在桌上，然后臭着脸点了一根烟，“除了这点臭钱，啥都没有。”

我爸是在我六岁的时候离家出走的，他喜欢摄影，卷了我妈的钱去了法国，然后隔三岔五地寄一些照片回来，所以在我上小学的时候，我就可以流利地用自己的语言形容香榭丽舍大街是什么样，巴黎圣母院的广场是如何如何，以及塞纳河边美丽绝伦的落日余晖，于是老师问我是不是在法国长大的。

后来他去了别的地方，依旧喜欢寄照片回来，每次奶奶收到越洋的挂号信，总是扔给我，说：“又是你老爸寄来的画画纸片。”

我的中学岁月就是在我妈的金钱和我爸的照片陪伴下度过的，可是因为我可爱的奶奶，我从来不觉得孤单，也没有觉得人生乏味，因为我觉得我什么也不缺，我从那个时候就领悟了：生活要懂得知足。

然而人生永远不可能一帆风顺，甚至说，我的人生一夜之间变得有些坎坷。

高二的那年，我爸遭遇了空难，在他从澳大利亚飞往南非的飞机上，永久地坠落在了印度洋里。噩耗传来的时候，我奶奶叼着烟冲进教室把我拉了出去，也不理会班主任在后面的叫喊，然后淡淡地说："你爸死了。"奶奶说得特平静，就像她每次在麻将桌上和牌一样，即使是大和，也泰然自若。

说不难过是假的，虽然我与我亲爱的爸爸并没有太深的感情，但是那时候我已经十七岁了，我知道什么叫血浓于水。但是我没有哭，只是跟在奶奶的后面。

爸爸寄来的最后一张照片，是在堪培拉拍的，我看着这个中年男人戴着太阳帽站在河边大笑的照片，而此刻，他与我已经天人永隔了。

我妈回来的那天刚好遇到台风，她戴着墨镜，穿着红色的连衣裙，踏着高跟鞋艰难地走进我和奶奶住的小楼房。我原本以为她是一个感情淡薄的女人，因为在国外的日子，她从来没给我打过一个电话，写过一封信，就像奶奶说的，除了臭钱，啥都没有。可是，当她把墨镜取下来的时候，我看到她的双眼红得像两颗樱桃，眼睑都肿了。

她和奶奶并没有抱头痛哭，而是安静地坐在沙发上，奶奶看了看她，然后说："我儿子的尸体沉海里了，捞不起来了。"刚一说完，我妈就再也忍不住了，眼泪和洪水一样凶猛，看着她难过，我也有点想哭，可是我依旧没有，我抓着她的手，她一下抱住我，"海阔，妈对不起你。"

但是，她对不起的，不单单是我，而是这个家。

我妈因为这件事，放弃了她海外的生意，或许是她想通了，也或许是别的原因，自从她回家后，就生了一场大病。婆媳关系在中国原本是一个纠结的话题，但是在我妈生病的这段时间里，奶奶叼着她的香烟没少为了我妈跑进跑出。吃饭的时候，奶奶一边夹着面条一边说："靳海阔，你给我出息点考个大学。"我点头，然后问："我妈怎么样了？"奶奶不理会我，一口气吃完了碗里的面，然后说："你好好照顾你自己，总之我不想在失去一个儿子后，再失去一个媳妇，我不会让你妈有啥的。"

世事难料，我妈终于还是没有撑过去，在我高二结束的时候，告别了人间。妈妈走的时候，把她的财产都过户到了我的名下，奶奶叉着腰看着殡仪馆的人把我妈抬走，依旧是阴沉着脸。

那一天开始，我就成了孤儿，不过我也学会了奶奶那套，冷静地看待这些起起落落，我说："得了，妈是耐不住寂寞，生前少陪了爸，现在找他去了。"

但谁知道，我刚一开口，奶奶就哭了。她抱着我的脑袋，然后一个劲地抽泣，这是我第一次看见这个强悍的小老太哭。

然而，我的厄运并没有因此结束。

高考前的体检中，我被查出来肺部有阴影。老师通知奶奶过来的时候，奶奶只是木讷地看着体检表，然后沉默不语。后来体检的其他同学都走了，奶奶才开口，"靳海阔，你怕不怕死？"奶奶的问题让我有些诧异，我摇摇头，然后说："爸妈都死了，我怕什么。"奶奶咧着嘴笑了，然后拉着我走进检查室，从包里拿出一叠钱来。

她帮我修改了体检结果，我顺利被大学录取了。

只是从那一天开始，我所过的每一天，都是倒计时的日子。

【程晨】

很久很久以前，我喜欢用这样的开头，小时候妈妈讲童话故事总喜欢讲这一句，听起来特别温馨。而我所谓的很久很久以前是在我十八岁，我刚刚考进大学的那年。

一开始我并不太适应学校的环境，因为这是我第一次离开父母，开始自己的独立生活。

这是所老校，甬道旁边的树都有较高的树龄，学院路的天空被交错的树叶遮蔽得严严实实的。我喜欢一个人抱着书本走在这条路上，道路的尽头是鳞次栉比的楼房，新漆的奶黄色围墙，美术楼和音乐楼遥遥相望，分布学校的南北角落。

自上小学开始，老师口中念叨的最多的一句话就是："好好学习，将来考上一所好大学。"而这句话就像紧箍咒一样束缚着中国的每一个青少年。于是，在踏入大学的第一时间，我的头脑中便蹦出"终于解脱了"的念头。在我遇见我亲爱的室友前，我便开始幻想，我的大学闺密会是什么样的。但是，与我同寝室的三个人并没有一个和我相见恨晚、情投意合的。

卢菲菲戴着大眼镜，除了图书馆与教室，只有熄灯时间才会回来，魏兰则是不折不扣的怪人，把头发搞得像枯草，总是戴着耳机骑着单车在学校里到处穿梭，剩下的乔爽有些自闭，整天看着镜子发呆。有时候我想，我是不是太活跃了，又是不是只有我一个人才是正常的，当然，这些话不能被她们三个听见，没准儿在她们眼中，只有我才是不正常的。

不过，这些都无所谓。因为从一开始，我就没有对此抱太大的希望。我突然怀念起高中的同桌，那个花痴女孩毕晓珊，她喜欢用相机去拍学校里面那些帅哥的照片，然后摊在桌上给我看，“程晨，你说这个怎么样？”虽然我总对她乐此不疲的事情嗤之以鼻，但是我依旧喜欢她映着阳光对我炫耀她又拍到谁谁谁照片的样子。

好吧，高中的我没有谈过恋爱，甚至暗恋都没有，我把心思都放到了学习上，并不是说我有多会装，而是因为我们老师的一句话，她说，你们这群小妮子，现在不要总是春心荡漾，你们的老公现在都在大学里。正是因为她的这句话，大学成了女生们心中的天堂，我也是怀着这份憧憬努力奋斗着。

我的父母都是小工人，他们一辈子都窝在了工厂里做苦力，于是我爸每次喝酒都和我说：“程晨，你得好好学习，考个大学，将来千万别和你爸妈一样做个小工人。”但是社会在进步，我爸妈又怎么知道，现在的大学生出来，差不多也是做工人呢？

所以，其实十八岁的我，是一个没有理想，没有远大目标，只是希冀着在大学能够邂逅一段爱情的花季少女。

“关于这个问题……我找一个同学来回答。”

或许是胡思乱想得太多了，以至于老师对照着花名册点我名字的时候，我还趴在桌上幻想。

“程晨……程晨没来吗？”我险些就被老师狠狠记上一笔，却在最后一声呼叫中站了起来，“我在！”

老教授抬了抬黑框眼镜，“你是程晨？不是冒名顶替的吧，现在你们这些学生越来越会作假了，一天不来上课，就找同学代……”

“我真是程晨……”我就快要拿出我的身份证来证明自己了，老教授看着我无辜的眼神，然后说：“即使你是程晨，刚才上课也肯定走神了，行了，你看看这个题目，答案是什么？”

看着眼前混乱的方程式，我是什么都不知道，接着听见旁边男生传来的声音，“根号二……”我便脱口而出，“根号二！”老教授终究没有什么好说的，让我坐下。

我朝那个男生投以报答的微笑，男生吐了吐舌头，然后继续听老教授讲课。

我从本子上撕下一条纸条，写道：“刚才谢谢你了。”然后扔了过去，男生展开纸条，在空余的部分写了什么，又扔了过来。

“其实我是乱说的。”

我一下被这个可爱的句子逗笑了，“没事，我也是乱答的，瞎猫碰上死耗子。”

这堂公共课汇聚了几个班的人，下课的时候，人流涌动得看不到彼此。我本来想叫住那个男生，却不料和他走失，来往的人在我身上摩挲，离开大教室的时候，突然听见有人在背后叫我。

“程晨……”

我扭过头，看见那个男生，他快步跑了过来，“嘿，我正找你呢。”

“找我？”我不解地看着他。

“是啊，你的身份证掉了。”

“啊……真是的，谢谢你啊。因为我喜欢用身份证做书签，可能刚才下课的时候被挤掉了。”

这个习惯是从高三的时候养成的，因为高考前要填各式各样的表，身份证又是必需品，就不自觉地将身份证当书签用。

“那岂不是很容易弄掉，呃……这个……”他一边说一边从书本里取出一枚书签来，“这个，你先拿去用吧。”说着，将书签放到我的手里。

我看着书签上面的字，“每一次笑就是吃一口棉花糖？”他的字写得不好看，歪歪扭扭的，但是这句话很有意思，“你喜欢吃棉花糖吗？”

男生耸耸肩，“只是从文章里抄的一句话而已，别当真，哈哈。”他的笑声爽朗得像冬天里的阳光。

“谢谢啦，你看今天你帮了我这么多忙，我还不知道你叫什么呢。”

“靳海阔。靳是革命的革加公斤的斤，海阔就是海阔天空的海阔。”

“很特别的姓，很豪放的名字，我叫……”

“程晨……我知道了嘛。”靳海阔抢先一步让我突然红了脸，“你好歹让我自己说嘛！”接着不远处的一个男生朝他叫了一声，“走不走啊，食堂快没饭了。”

他笑着和我告别，这是我第一次见到他，靳海阔。

【海阔】

我能来到这个世上，得感谢我父母，而我能顺利进入大学，我得感谢我那大无畏的奶奶还有我妈临走时留下的那笔钱。

在那天体检的时候，医生郑重其事地问我奶奶，是否考虑清楚了。奶奶吐了一口唾沫，“不上大学，他是不是也可能会死？”医生想了一下，点了点头，奶奶说：“那不就得了，别的不多说，麻烦了。”

或许是太早就接触死亡，使得我并不害怕听见“死”这个字。

那天我跟着奶奶走出医院的时候，奶奶深深地叹了一口气，然后说：“从今天起，你喜欢啥就跟我说，想吃什么就买什么，别想着自己会死什么的，人都会死。”在她面前，面对她犀利的语言，我除了点头，啥也不能做。

但是因为预知了自己死亡时间提前，我反倒显得轻松从容。我应该撑不到自己上班，或者结婚，或者等孩子出生就会死掉了，但是正因为这样，我也不必去理会升职的压力，婚姻的压力，甚至育儿的压力了。一个没有太多压力的人或许会失去生活的动力，但是会单纯而快乐地活着。

就像我遇见了程晨。那个用身份证做书签的女孩，从那天起，我就深深地记住了她。因为她和我同年同月同日生，这也算是冥冥之中的一种缘分吧。

所谓的缘分，大概就是你突然邂逅了某一个人，这个人就频繁出现在你的世界里了。

虽然我和她并不同班，但是大部分公共课都在一起上。她真是一个特别的女孩，整个教室，一眼就能看见她。有时候她故意坐到我旁边，然后大叫一声：“嘿，靳海阔，又碰到你了！”

我总是对她淡淡一笑，其实我心里比中彩票还开心。

“靳海阔，你知道上大学要做的第一件事是什么吗？”

“拿着通知书报到。”

“你是猪啊！我说的是，技能……”

“啥技能呢？抽烟，泡妞，还是看……”

“男生的头脑中怎么全是这些乌七八糟的想法！”

“不是啊？”

“你上大学之前逃过课吗？”

“没有。”

“所以啊，跟着我逃课吧。”

“咦？”

于是我和程晨堂而皇之地逃掉了那堂老教授的课，然后坐在校园路的冷饮店喝奶茶。程晨用手托着她的脑袋，然后看着来往的男生，一时间脾气变得很差，“郁闷！”我抬头看看她，“怎么了？”

“我们这个破学校，男女比例本来就失调，男生还没有几个长得可以的，本来数量就很少，而且质量还不好，你说郁闷不郁闷啊？”

“呃，或许你眼前这个还不错哦？”说实话，我不是在表白，真的只是开玩笑。

“谁？你啊？”

“呃……”

“算了吧，我不喜欢瘦瘦的，还戴着眼镜的，总的来说，我不喜欢的元素全都聚集在你身上了。”

“那我还真是个悲剧人物，哈哈。”我是真的在笑，一点都不伤感，说来，只是有一点失落。

程晨还是挺会察言观色的，拍了拍我的肩膀，说：“和你开玩笑的啦。”

“我也是。”

“那就对了嘛！”

原本晴朗无云的天说变就变，瓢泼的大雨让大街上的人变得慌乱而狼狈，我和程晨就站在屋檐下，看起来，雨一时半会儿也停不了，然后程晨开始叫我讲笑话，“你会不会讲笑话啊？说来听听，消磨一下时间。”

“女生节的时候，哥哥问妹妹，你喜欢什么花啊？妹妹说，我喜欢两种花……”

“玫瑰，百合？”

“你喜欢？”

“不是啊，我以为你叫我猜……”

“妹妹说，我喜欢有钱花和随便花。”

“……哈哈。”

“然后哥哥说，妹妹，你好美啊。妹妹问哥哥，我哪里美啊……”

“眼睛还是鼻子？”

“哥哥说，你想得美……”

其实我不擅长讲笑话，从小到大，我都很想成为一个有趣的人，但是我一直没有成功。可那天程晨却笑了很久，嘴里还一直念叨着这个笑话。其实她不知道，这是我唯一知道的一个笑话，若是她当时叫我再讲一个，我就说不上来了，好在，雨停了，天空中突然出现了一道彩虹。程晨拉着我往广场跑，然后欣喜地叫着，“快看，彩虹！”有时候我都怀疑她的心理年龄到底有几岁，十岁，十二岁，还是……总之，在我心中，程晨是一个未成年女孩。

回寝室的时候，我撞见了他。

说实话，我从小到大并没有讨厌过什么人，但当我第一眼看见他的时候，我却对他喜欢不起来。早在刚刚入学的时候，就从别人那里听见他的名字，张祥森。

他和往常一样，穿着有些气质的小西装，脸部表情好像终年不化的冰山，以他的长相，绝对像是从电视剧里跑出来的男主角，有家庭背景，成绩斐然，聚万千宠爱于一身，加之英俊的容貌，可谓十全十美。其实这不夸张，大学里都有这样的人，用老师批评那些不学无术的学生混迹大学的那句话，一样可以用在他身上，林子大了，什么鸟都有。

他住我隔壁寝室，我还是笑着和他打了招呼，只是一时间，我居然有了压力。像我这样无欲无求的人很难产生压力，可是就在看见他的时候，我就知道，一定会有什么事情发生。

果不其然，没多久，程晨跑来告诉我说，她喜欢上了一个叫张祥森的男生。

故事原本应该和老套的泡沫剧一样发展，可是，我又想错了。

【祥森】

或许是太久没有回国了，在我刚刚走下飞机的时候，突然闻到一种故土独有的味道。

四年了，没有想过会再回来，在墨尔本的这些年里，其实我一直不太愿意去想过去的事情。

我在墨尔本费尽千辛拿到律师证以后，就只想在异国他乡当一名律师，和我爱的人安静地过着日子。香车宝马，锦衣玉食的生活，我并不是太过奢求。我不是一个喜欢热闹的人，从小便是。跟着父母徘徊在那些富丽堂皇的场所，穿着我根本不喜欢的小西装，在人群里看着他们彼此谄媚。

直到我真正离开家乡，到一个新的地方，才脱去了一直束缚我的那身盔甲，重新开始我的人生。

从机场到家不过是二十分钟的车程，但我却并没有急着回家。

“麻烦去建新西路，在金源大酒店附近停下。”

笔直的道路上，我看见了四年来城市的发展，一时间，我突然有些怀念以前的日子。让我安静一下，这一点也不像我，风力掀天浪打头，只须一笑不须愁，才是我的人生格言。

这时，我低头看手机，是程晨凌晨发来的简讯，问我到了没有。简单回复后，我关掉了手机，当然，我问候了我亲爱的小宝贝。

到达建新西路的途中，会经过我的母校。那所被茂盛的大树遮蔽天空的学校，但现在是冬天，枝叶飘零，一切都显得有些惨淡。

上学那会儿，我总是骑着单车从学校的南门开向东门，然后听见一些女生在旁边窃窃私语，我不是在炫耀，其实我比谁都清楚，那些迷恋我称赞我的人群中，还夹杂着很多厌恶我和憎恨我的声音，不过一切都过去了，跟着耳边逆向划过的风一起消失了。

出租车到达建新西路的时候，我的思绪还没有完全跟上来。

我把钱给司机，等待出发票。

绕过小路，径直走向那栋摇摇欲坠的旧楼，几年前就听说这里要拆迁了，但过去那么久的时间，似乎并没有要动工的迹象。我驾轻就熟地走上七层楼，这是我高中常来的一个地方。门牌号没有换过，信箱里的报纸还是今日的。我迟疑了片刻，还是敲响了门。

“谁啊？”

“我，张祥森……”

门很快打开了，很庆幸，他们都没有搬走，“祥森？真的是你啊，什么时候回来的？快进来。”赵阿姨一如往昔的热情，屋子里的格局跟四年前我走时相比，没有发生太大的变化。徐叔叔从里屋出来，赵阿姨端来热茶，“快来，你看谁回来了？”

徐叔叔推了推鼻梁的眼镜，“祥森？哈哈，祥森回来了？什么时候到的？”

“刚到不久，就先过来看看你们了。”

“噢，看你还惦记着我们俩老的。”赵阿姨每次看见我总是笑靥如花，年轻不少，“那留在这里吃晚饭吧，别不给阿姨面子，就多双筷子多个碗。”

盛情难却，“倒是有些想念阿姨的菜了。”

摆设依旧是过去的摆设，家具都没有换新，彩虹牌的电视机旁边放着一个小女生的照片，她不是特别漂亮的女孩，但是双眼特别漂亮，碎碎的刘海挂在额头，笑起来特别灿烂。我每次总是望着这张照片发呆，当然这是我一个人的秘密，我从没和任何人透露过。

晚饭都是家常菜，或许是长时间没有吃到这样的菜式，让我突然像回到高中时期一样，周末的时候总窝在赵阿姨家吃晚饭。

“来，你最爱吃的回锅肉，看看阿姨的手艺退步了没有？”

果然是怀旧的味道，没有丝毫的变化，“哪里会退步呢，宝刀未老的厨艺啊。”

“哈哈，说话还是那么好听。”

我是在这个时候想起程晨的。

程晨，看着满桌诱人的晚餐，我就想起每天和你坐在饭厅里，相互唠叨着一天的琐事，然后听你哈哈大笑，开心地吃下晚餐。原来，我也是会想你的，这话说得真是莫名其妙，可是我就是这样想的。在国内是绝对看不到墨尔本那么蓝的天空，至少不可能每天看着那样美丽的天空吃饭，我还有点想小宝贝了，不知道现在你们在干吗。

我记得当时离开的时候，我像发誓一样说，再也不会回来了，可是现在我还是站在了我的家乡，踏上了这个充满回忆的七楼，而这些都是我没有告诉过你的。

因为这是我一个人的秘密。对不起，我不是故意要瞒着你的。

“其实，这次回来，是有点事情。”

“很要紧的事情吧，不然也不会大老远地跑回来。”

“嗯，小佳她……”

“你也听说了？那边也没有给明确的说法，不过，祥森你怎么知道的？”

“我回来也是为了这事情。”

【**程晨**】

每次看见祥森在法庭上挥斥方遒，能言善辩地驳诉每一个案子的时候，我都会想起第一次在学校的模拟法庭上看见他代表他们系参加辩论赛的情景。也是在那个时候，我就发现了他有做律师的潜质。

那是入秋前的一个下午，祥森拿到的辩论题目是“有稳定才有发展”。

他穿着黑色的西装站起身来，对峙着另外一个系的二辩手。

“对于稳定和发展，我们是不能一直强调它们的先后关系的，它们是辩证统一的，针对对方命题，我们只是提出，没有发展也可以稳定，对于逆否命题的成立，自然也证实了本命题的正确。在陶渊明所写的《桃花源记》中提到桃花源里的人‘不知有汉，无论魏晋’，说明他们是在一个没有发展的环境下生存的，那么他们不稳定吗？请对方辩友正面回答。”

他铿锵有力的辩诉让对方无所适从，很快就败下阵来。我就这样看着他，冷峻的脸庞，严肃的神色，没有丝毫紧迫感，或许正是因为他太从容了，而显得有些不真实。

全场一时间都轰动了，所有女生都呼喊着张祥森的名字，而我的脸竟然不觉潮红了起来。我第一次感觉到心跳加快，就在最后评委宣布正方获胜的时候，我感觉到一阵眩晕。

好吧，说到他我就又爱又恨，我常常会因为他的那个态度发点小脾气，不过好在他都还会容忍我。

好比刚刚到墨尔本的时候，为了新房的窗帘颜色，两个人冷战了三天，最后他还是跟装修师傅说换成了我喜欢的颜色。还有一次，我为了买一条领带给他做生日礼物，但却很没有考虑地选了一条淡蓝色，当我把领带递到他手上时，他居然很难受地说："我最讨厌的就是蓝色……"我赌气没有吃晚饭，第二天依旧看见他系着那条蓝领带去上班了。

他虽然总是跟人摆着一副臭脸，好像全世界人都欠他的一样，但是我依然能感觉到他的爱，至少这一点，我还有自信，然而，就在他爱我之前，我却走了很长很长一段路去接近他。

有多长呢，长到我的十八岁都过去了，我的青春都在大学里一点一点消磨殆尽了，长到我从中国追到澳大利亚。

夜里，少了祥森在旁边，我突然有些不自在起来。在一起的时候没少摩擦，可是真正只有我自己一个人的时候，却越发地想念他。保姆离开之后，我刚给宝宝喂完吃的，可是他一不在，我就慌乱起来，有时候连宝宝的衣服放在哪里都忘记。当我泄气地坐在地上时，我又摸到了口袋里那张卡，那张早就褪色，还画了两个小叉的卡。

“我漂亮吗？”这估计是我十九岁时问的最傻的问题。

“还不错啊。”

“说谎！”我肯定喝多了，“我肯定不漂亮，肯定的！”

“我干吗要骗你啊，又没啥好处，你又不给我钱。”

“那为什么他不喜欢我呢？”

大学校门口来往的情侣总是如胶似漆，让人看了刺眼，而我就站在校门口，发疯一样朝他吼叫，不管周围的人怎么看，然后他笑了，他是故意的，“行了，男人嘛，有时候和女人一样，口是心非。”

“真的？”

“假的。”

“你去死吧！”

“好了，你长得不漂亮，特别丑，行了吧。”

“靳海阔，你给我滚！”

在墨尔本的房子，家居摆设都足够简单，因为我和祥森都不喜欢复杂的东西。我喜欢这样空旷的感觉，夕阳的余晖洒在木地板上，小宝贝安静地睡着了，前几分钟还在咿咿呀呀地和我闹别扭，现在已经乖乖地闭上眼睛入睡了。我裹了裹身上的衣服，突然觉得有些冷，通常这个时候，我是不大爱放音乐的，但是现在，我想让房间稍稍有点声音。

从柜子里拿出一张从国内带来的CD，是临走时在地摊上买的，里面都是一些四五年前流行的歌曲，我只是随便挑了一首，孙燕姿的《遇见》。

这首歌第一次听，是看完那场《向左走·向右走》的电影后，那段时间大街小巷都放着这首歌，我很喜欢里面的歌词，可是，听着听着，我竟然又关掉了。

一个人的时候时常变得有些神经质，害怕听一些歌，想起一些往事。孩子已经睡沉了，音乐倒不会弄醒他，可是，突然间，什么也做不了。我把CD取出来，放回原本的位置，拉开抽屉，看见祥森遗留的那盒香烟。

祥森不在的这段时间里，我总是做着莫名其妙的事情。

“张祥森长得特别像金城武，你不觉得吗？帅呆了！”

“你是想说你像梁咏琪吗？”

“那样就好了。”

电话是这个时候响起来的，我正收拾完桌上的残羹冷炙，我以为是祥森打来的，不过按道理来说，不会，即使是，他也不会打固定电话。

“Hello，This is……”我还没有说完，就被电话那头的话咯住了，“不好意思，你能再说一遍吗？”

第一章完

第二章 超人

BGM：《超人》——

世界如果被残酷攻击

只要给我一个电话亭

把内裤当外衣

如果你能够开心

展开披风 带你飞行

【海阔】

她站在宿舍楼的下面，头发卷卷的像个洋娃娃，穿着鹅黄色的连衣裙，一双大眼睛眨巴眨巴地看着我。若不是她开口说话，我会以为她是服装店里那些漂亮的假人模特儿。

一分钟前，她双手作成喇叭状，朝着男生宿舍楼大吼："靳海阔！靳海阔！"我赤身趴在阳台上看见她，立刻进屋套了件衬衣冲了下去。我知道，她定是有事情要拜托我，不然她不会主动来找我的。

走上来的第一句话就把我吓到了，"跟我约会吧！"

我的脸突然变得通红，这是我十九年来，第一次听见一个女生这样和我说话，"这个……我……"我摸着脑袋，一时间不知所措。

"哎呀，不是真的要你和我约会啦。"

"啊，什么意思？"

"我的一个好朋友约了张祥森，你知道吧，就是上次辩论赛力压群雄的那个高个子男生，特别帅那个。"

"然后呢？"

"我的好朋友特别不好意思，然后想叫我拉上一个人，组成一个四人约会，当然，主角是他们。因为我的那个好朋友没有什么底气，你也知道，像张祥森那样的人，很难约到的……"

"所以，你要我假扮你的男朋友吗？"

"算是吧，主要还是想和帅哥一起吃顿饭，很难得的机会啊。作为好闺密的你，不该帮帮我吗？"

"好……好闺密？"

我想这个时候，是男生都会生气地离开，然后对着程晨吼一句：“你发疯别拉着我一起疯！”可是，我就这样笑着说：“好啊，我也可以和美女吃顿饭，占占你的便宜，当我一天女朋友……”

为什么不呢，就和她说的一样，和美女一起吃顿饭，很难得的机会啊。

“靳海阔，不跟你开玩笑了，那就定好了，明天晚上，在河鱼馆。”程晨捋了捋她卷卷的小辫子，笑盈盈地说，“我就知道你会答应的！”

回寝室的时候，大康一群人凑过来，“靳海阔，那是你女朋友啊？啥时候搞上的？比哥儿几个速度都快。”

我皱了皱眉，一下爬上寝室的床“搞啥搞啊？别胡说。临时女朋友，临时的。”

“啥？”

想到要和张祥森一起吃饭，其实我并不是那么开心，但是想到能做程晨一天的男朋友，那些不怎么开心也就烟消云散了。如果你觉得我像傻瓜一样，那么我就是一个傻瓜，当傻瓜没有什么不好，知足者常乐，这也是我生活的原则，要求不要太多，某一次特殊的眷顾就当作是上天送你的礼物。

那天晚上，我突然决定请大康他们吃顿大餐，于是一群人莫名其妙地跟着我进了饭店，然后看我发疯一样点了下酒菜，大康说：“靳海阔，我怎么看你不像是恋爱了，像是失恋了，不是受了什么打击吧？”我灌了一口酒，“结婚和死人不是都要办酒席吗，其实恋爱和失恋一样啊，何况我没说我恋爱了啊。”大康他们傻乎乎地看着我，“你真的受刺激了。”

除了傻笑，我还知道什么呢，一下就喝光了那瓶啤酒，在最后一滴下肚的时候，突然咳嗽了起来，牵扯着整个身体都在颤动，大康拍了拍我的后背，我一咳，就吐了血。

“天啊，靳海阔，你别吓我们！”

我知道我还在笑，笑到我的视线都模糊了，甚至失去了知觉。我是不是要死了，那时候还真有点舍不得。

等我醒来的时候，看见的是沉着脸的奶奶，“我……没死啊？”声音虚弱到我自己都听不见。

“离死不远了。”奶奶别过头生气地说。

“那还好。”这句话是把奶奶真的气到了，她起身走到我面前，“好个屁！平白无故喝那么多酒干什么？你是要老太婆我接二连三地白发人送黑发人吗？”

“对……不起。”

“你们年轻人不是最喜欢说，对不起有用的话，要警察来干什么？”

“奶奶，你好时尚啊！”我知道她喜欢听奉承话，哪怕从来不把开心写在脸上。

“得了，别奉承我，医生说你还要观察两天，在这里给我乖乖待着。”

“可是，我今晚还有约会呢……”

“打电话叫那女孩过来吧，自己男朋友有事总不能不管吧，要是不过来，趁早踢了她！”

“她不是我女朋友……”

“男的？”

“什么跟什么啊……”

因为这场意外，我错过了和程晨约定的四人约会，当然我没有告诉程晨我生病了，也没有让寝室的人告诉她。以至于三天后我回到学校，程晨看着我，就气得扭头走开，我在她心中彻头彻尾成了一个不守信用的人。

我想，哎，罢了，只是失去了一天当临时男朋友的机会而已。

夜晚的时候，我端着从食堂打来的饭菜，坐在操场边的看台上，我想，没了程晨，咱还有夕阳，还有晚霞，还有飞来飞去归巢的鸟儿，其实咱不孤单。就在我伸懒腰的时候，一个黑压压的身影出现在我背后。

“靳海阔！”她的分贝总是这么大。

“呃，你也来看晚霞啊，坐吧。”

程晨没好气地嘟着嘴，然后跺着脚看着我，“你这人太不行了！”

“那天晚上我有点事，实在不好意思。”

“骗子！”

“真的，我真碰上点事儿，那天晚上碰见一个老朋友，他没钱了，然后银行又关门了，我去市区那边帮他取钱，正巧手机没电了……”

“你生病了怎么都不和我说一声？”

“啊？”

“还叫寝室的人瞒着我，你这人太不行了，还把我当朋友吗？”

“只是小感冒，没啥大病，所以不想麻烦你啊，呵呵。”

“生病的时候最孤单了，肯定需要有人陪啊，这种感觉我深有体会。”

“还好啦，我孤单惯了。”庆幸的是除了奶奶，没人知道我的病情，“没事啦，我也是怕你担心嘛，那天的约会怎么样，我没去，你更可以正大光明地看帅哥了啊。”

“取消了。”

“呃？为什么呢？”

“张祥森拒绝了我的好朋友，话说回来，本来也没约好，都是托中间人，后来对方知道了，就直接拒绝了。那天晚上我本来想单独请你吃顿饭，报答你一下，结果你们寝室的人说你不在，我问去哪里了又不说，后来我就赖着不走，他们才说你病了，但是死活不告诉我你在哪个医院。”

当程晨说出这番话的时候，夕阳已经渐渐没入了天边，我多么想给这个可爱的女孩一个拥抱，但是我不能，也许上天给我创造了一个浪漫又合适的机会，我却不愿意珍惜，我笑了笑，然后狼吞虎咽地吃完了我饭盒里的饭菜，“好了，作为补偿，我请你去喝奶茶吧！”

【程晨】

记忆中的靳海阔是一个神奇的人，不知道为什么，每次看见他，我感觉浑身上下都轻松了很多。而这么多年来，我一直没有忘记的，就是他的笑。在我遇见他之前，其实我心中的男生都是小气鬼，自私自利以自我为中心，没有几个人可以洒脱得像个男人。但是靳海阔却不同，不管遇见多差的事情，他都可以笑着面对，还一边唠叨着把它说成好事。

我一直把靳海阔当作我最好的朋友，有什么事情第一时间想到的就是他。因为我知道，再困难的事情到他手上，都可以轻松解决，他就是有化腐朽为神奇的力量。说白了，靳海阔就是我程晨的救命稻草。

就在大一开学后的两个月，校门口有推销廉价化妆品的简陋柜台，上面摆的还全都是名牌香水和洗面奶。那时候的我根本分辨不出这些东西是真是假，但推销员却用伶俐的口齿说得我心动不已，她说只要买其中一款，就会赠送另外一款，然后还赠送一张贵宾卡，全套打折下来也不过两百多块钱。而我居然就跟一个刚从乡下进城的小姑娘一样，用两百多块钱打水漂了。

后果是，我失去了半个月的生活费，还弄得浑身皮肤过敏。那时候正是秋末最热的时间，我每天蒙着面纱出门，被周围的人指指点点不说，还经常听见寝室的人偷偷笑我。

我的卡里实在没钱了，只有去找靳海阔，我承认，我除了找他，不知道还能找谁。

“你……你怎么搞的？被蜜蜂蜇了吗？”

“我……我被骗了，买了假的化妆品，现在生活费也没了。”

“噢，哈哈，原来是这样啊，哈哈哈。”

“靳海阔！你除了笑还能做点别的事儿吗？”

他强制地忍住笑，然后从口袋里掏出他的饭卡，“给，用我的吧，里面的钱应该够吃半个月的。”

“那你怎么办？”

“我嘛，饿死算了。”

“那怎么行！”

“开玩笑啦，人哪有那么容易死，要死早死了。”

“别死不死的了，这么不吉利。这样吧，我不要你的卡了，明天来找你，然后一起去吃饭，我少吃点。”其实我知道我的要求很过分，他不欠我的，干吗要答应我呢，于是我马上补充道，“等我下个月拿到生活费就还你。”

“那你每天还要蒙着面纱来找我，万一哪天我有事，你找不到我，那不是要饿肚子了。行了，这次听我的，卡你拿着，吃饭的事情我自己能解决，记得，没有我靳海阔办不到的事情。”

那真是生不如死的日子，像得了麻风病一样每天躲在食堂的角落里吃饭。不过，靳海阔却总是突然出现，坐在我旁边，然后说：“美女，介意我坐你对面吗？”他的语气总是可以把我逗笑。

“别这么招摇成么，我感觉所有人的目光都犀利得可怕。”

“我倒觉得所有人都是崇拜的目光啊？”

“为什么？”

“因为，他们觉得我勇气可嘉，敢于坐在你身边。”

“你能正常点吗？”

因为靳海阔的闲扯，我的心情一下好了很多，而且这个时候，我脸上的红点都在慢慢褪去，不久之后，我又可以像往常一样，不慌不忙地走在校园大道上了，而那些嘲笑我的人也会随着时间的流逝，渐渐忘记了我的糗事。

我总是在窘迫的时候想到靳海阔，然后听他和我闲扯，把那些不快乐抛在脑后。

周六的时候，我因为忘带钥匙而被关在了寝室门口，卢菲菲她们的电话都集体关机，找不到人。其实我大可以去其他女生寝室，聊聊天，听听音乐，上上网，等到她们回来，但是我没有，我给靳海阔打了一个电话，但很不凑巧，他的电话也关机了。

那天我抱着四级词汇本蹲在校园路的梧桐树下，昏黄的灯光照在我的身上，我根本不用这么落魄，但是我就这样傻傻地蹲着，看着那些从我身边走过的男男女女。我突然想我爸妈了，眼泪一时间就簌簌地落了下来，按照言情小说里的安排，此时此刻应该有一个帅气的白马王子来垂怜我这可怜的灰姑娘，但是除了空气，什么都没有。

那无疑是我大学生涯里最孤单最黯然伤神的一夜，我蹲得两腿发麻，道路两边的路灯都一盏一盏地熄灭了，但这个时候，电话响了。

“喂……”那声再熟悉不过的“喂”一下触动了我的泪腺，突然就哇哇地哭了起来。

“啊，你怎么了啊？干吗哭啊？又买到假冒伪劣了吗？”

“……我哪有那么傻啊……”

“那你怎么了啊？”

“没怎么，我刚看完一部悲剧，现在正难受呢。”

“噢，我以为你被人怎么了呢。”

“狗嘴里吐不出象牙来！”

“哈哈，因为我只吐得出狗牙。”

那一夜的最后，我和靳海阔坐在校园门口的池塘边吃鸡翅，我狠狠地敲了靳海阔一笔，买了五对五元一只的鸡翅。只是我没想到，已经快十一月的天气，居然还有蚊子，咬得我的大腿和手臂浑身是包。靳海阔喂饱了我，我喂饱了那群蚊子。

靳海阔双手抱着头，然后左右运动，“吃饱了没，还要不要吃别的？”

“你真当我是猪啊？”

“假当，可以吗？”

如果时间就停在那一刻，靳海阔永远用他那调侃的语调和我闲扯，而我就静静地坐在这凉风习习的池塘边该多好，但是，有个词，叫好景不长，刚刚吞下最后一点鸡肉，手机就响了起来，满手油腻的我要多狼狈有多狼狈，靳海阔伸手拿起了我的手机，然后按了通话键，放到我的耳边。

“喂，喂，程晨，你到哪里去了？”是魏兰的声音。

“在校门口，怎么了？”

“查寝了，学生会那边的人说，限你五分钟之内回来，我们说你去澡堂洗澡去了。”

“啊！我马上就回来！”

我二话不说扔掉了鸡骨头，然后像弹簧一样跳起来，“快，快，快，查寝了，我可不想被记过。”

“有那么严重吗？”

“我们女生抓得特别严，怎么办啊，从东门到南区最快也要十分钟。”

靳海阔蹲下身来，“上来吧，我背着你跑！”

“这……”

“再耽误就只剩下四分钟了哦。”

他一定不知道，他奔跑的时候，我满脸通红，这是第一次，一个除我爸以外的男性背我，不过他跑得真快，像长着飞毛腿一样，秋季的晚风灌入我的衣服里，好像我就要飞起来一样。靳海阔把我送到宿舍楼的时候，学生会的人还没走。汗水从他的额头滑下，他喘着气说：“赶紧上去吧……”我一时间愣在了那里，然后他突然开始猛烈地咳嗽起来。

“喂，没事吧？”

“没……事，你赶紧上去吧，不然……我就白费力气了。”

“噢，那你也赶紧回宿舍吧。”

“咳咳……嗯。”

“那个……”

我终究没有说出我想说的话，或许是今晚上有太多太多的情绪，突然之间找不到一个合适的句子或者段落来表达，到最后，看着月朗星稀的天空，我却将所有的话浓缩成了三个字。

“谢谢你……”

“哟，哈哈，靳海阔是无敌超人，专门帮助你这样的无助少女，哈哈，别磨蹭了，赶紧上楼吧。”

靳海阔是无敌超人，而我是无助少女。这是我十八岁时候对两个人的定位，即使我再无助，就算遇到毁灭性的灾难，都会有靳海阔这样的无敌超人出面。

我在阳台看着他渐渐走远的身影，然后拨通了他的电话，“喂，无敌超人。”

“无助少女又遇到困难了吗？”

“下次我一定请你吃东西！”

“咳咳……下次再说吧。”

“你怎么还在咳嗽啊？”

“我有肺癌啊。”

“正经点！”

“哈哈，有点感冒了吧，没事，回去吃点药就好。”

总之，这些年想起靳海阔，总是让我会心一笑，他的话以及他的笑总是触动我内心深处最柔软的部分。我想我是有点想他了，或者说特别想，因为大学毕业之后，我再也没有见过他。

这个时候，厨房的水烧开了，我挂掉了电话。

就在前一刻，我居然接到的是魏兰的电话，告诉我卢菲菲的孩子生了，还是龙凤胎，那个整天吼着要考研的家伙，居然在毕业后第一个结婚，我想我也得找个机会回国一次了，太久没有回去，我有些想念那些人了。

【海阔】

虽然我不怕死，但是我讨厌医院这个地方，可有时候，越是令人讨厌越是没有办法避免。

每个月就像例行公事一样跟着奶奶走进那个充满消毒水味道的房间，然后让医生一阵摆弄，最后告诉我们阴影没有扩大，也无法确定到底是什么，必须进行手术切片。

但是我和奶奶都像疯子一样拒绝，奶奶是担心知道真相之后会受不了，甚至影响我的心情，而我是不想住院，更不想被折腾，其实现在的我挺好的，能吃能跑，除了偶尔咳嗽吐血之外，没有什么大不了的。

医生总是被我们婆孙二人搞得特别无语，然后用严肃的口吻说："那你们自己这样决定了，我也没办法，不过最好每个月都来观察一次，如果有什么特殊情况发生，我们也好进行及时治疗。"

奶奶和我都知道，那个特殊情况到底是什么。

我开始喜欢我的大学生活了，当然程晨是一部分原因，除她之外，我很庆幸有大康这群人做我的室友。大康是东北人，又高又胖，说话带着东北腔，我喜欢用"肥头大耳"来形容他，因为足够可爱。大康最喜欢用"我一个喜欢一夜情的纯情少年"来自诩，导致所有人都决定给他取名"纯情少年"。

大康和我一样，不喜欢张祥森，他说那个家伙就是人模狗样，心比天高。大康之所以义愤填膺的原因主要还是他心爱的小姑娘成为了暗恋张祥森的一员，然后张祥森又无情地拒绝了她。大康差一点就冲到张祥森的寝室和他干上一架，后来被寝室其他三人又劝又拉才阻止了这一场流血事件的发生。

比起大康而言，应该说我就懦弱多了，至少他勇敢地站到了他心爱的女生面前，然后看着她失恋的时候乘虚而入，以最大可能性俘获那个女孩的心。

而我，在程晨搅动着奶茶杯，欲言又止地和我说话时，我除了傻乎乎地应和和鼓励，什么都不会。

“靳海阔……你喜欢过一个女生吗？”

“呃，貌似没有。”

“那你感情世界还真是单调乏味。”她将吸管重新插回奶茶杯里。

“可能我太被动了吧，没办法，我就是懒。”

“你应该主动点的，女生都喜欢主动的男生，不然你还等着别人来追你啊……”程晨非常认真地看着我说。

“也是啊。”我笑着默默低了低头。

“哎，我本来还想问问你喜欢是什么感觉呢。”

“怎么了？”

“我……”

“嗯？”我看着程晨慢慢变红的脸，大概知道了她想说的话。

“哎呀，不说了！”

“你不说就不说，脸红什么啊？”

“你真是反应迟钝！”

“小时候从三楼摔下来，摔断了一根神经，然后就迟钝了。”

“真的啊？”她立马收起刚才的羞赧，紧张起来。

“假的，少了一根神经我还能在这里吗？”

“喂，你能不能正经一点？好啦，我想说，可能，也许，大概，我有点喜欢张祥森了。”

我经常会想，如果十年，甚至更久，当程晨回头来听自己说的话，会不会笑出声来，类似于“可能、也许、大概”这样连用的词语，大概只有少女时期对一个人喜欢才能说出这样的话吧。

我的反应没有很快接上她的话，是的，至少得让我把这句话完整地在头脑里面过一遍，然后想想我下句话该说什么，“嗯，他很不错啊，优秀，帅气，又有背景，你嘛，虽然差一点，但是配他也是绰绰有余。”

“你是这么觉得的吗？”

“对啊，现在学校有几个女生不知道他啊，上次辩论赛可是占尽了风头，加上前段时间不是参加过什么学术演讲吗？”

“但是我觉得，他不会喜欢我的，上次我那个好朋友就被拒绝了一次，四人约会更是不要说了，总之我很没信心啊。”

“不要紧，我顶你，去吧，妹妹你大胆地往前走啊，往前走……”我一边说一边做着冲锋的手势，或许全奶茶店的人都望着我。

“赶紧坐下来，靳海阔，你要笑死我啊。”

程晨向我表明她的心思之后，也并没有发动什么强有力的“进攻”，而是在我空闲的时候，拉着我一起去张祥森的班级听课，程晨总是坐在离张祥森三到四排的后面，然后望着他的后脑勺发呆。我实在听不进去那些老教授的课，而程晨自然也没心思理我，我只好趴在桌上睡觉，但是很不巧，那个老教授是最嫉恨别人在他课上睡觉的，更搞笑的是，下课后他跑到我桌前，叫我下节课交一份检讨给他，不然就扣我平时成绩。

“多少号？”

“学号吗？”

“别和我瞎扯，赶紧。”

“16号。”

走出教室的时候，程晨在门外等我，“哎，那个班的16号同学真倒霉。”

“没办法，谁让他和我同号呢，哈哈哈哈。”

“你也是够坏的。”

我真的是16号，但是不是他们班的，而我也真的不知道，他们班的16号就是张祥森。后来我听别人说，那个老教授在课堂上叫16号交检讨的时候，张祥森愣愣地看着他，而当他知道张祥森是16号的时候，更是大发雷霆，说要把那个谎报学号的家伙给揪出来。

很显然，之后的事情已经与我无关了，因为从那次之后，程晨就没有叫我去听过课，她说怕麻烦我，都是一个人去了。

大康常常问我，跟我在一起的那个女生是不是我女朋友，我总是笑着摇头，然后他就说：“你这小子怎么这样啊，一天帮别人带女朋友。”

或许是吧，我一天都帮别人带女朋友，那又怎么样呢，只要我开心，她开心，不就好了吗，何况她和我在一起的时间远远大过了她和别的男生在一起的时间，也很不错啊。

当然，大康一直说我是以阿Q精神在自慰，可刚刚说完，就弄得我满脸通红。

“小子，你太纯了。”

圣诞节的前夕，程晨向张祥森递交了第一封情书，结果是，张祥森收下了那封情书，但没有给予任何回复。那时候，金城武和梁咏琪主演的《向左走·向右走》正火，我坐车到市区，帮程晨买了两张电影票，服务员告诉我，我去得很及时，因为电影就快下档了。

我把电影票交到程晨手上的时候，程晨兴奋地给了我一个拥抱。

“靳海阔，没想到你也挺懂浪漫的嘛。”她笑起来就跟洋娃娃一样。

“吃了十几年饭，看了这么多电视剧，这点东西还是懂的啊。”看见她笑，我心里就感觉到无比温暖。

“谢谢啊，我怎么就没想到呢？”

那时候已经开始下雪了，柔和的雪花落在我们身边，她站在台阶上给张祥森打电话，我远远地看着她脸上的笑容一点点消失，我就知道，事情并不顺利。

她挂了电话，慢慢走过来，“走吧。”

“去哪儿啊？”

“电影院啊，他不去，我早料到了，但总不能浪费了电影票吧，所以，我们俩去看吧。”程晨把其中一张票拍在我手上。

“啊……”

“不想和我一起看啊？”

“怎么会呢，我想看这部电影好久了，只是幸福来得太突然了。”

“算了吧，我心里难受着呢，你就当陪陪我吧。”

二〇〇三年的圣诞前夕，我和程晨坐在市区的电影院里看完了快下档的《向左走·向右走》，那是我第一次和一个女生看电影，缓缓的格调，轻快的音乐，柔和的灯光，如果上天在这一刻要收回我的生命，其实我也愿意，我的指尖轻轻地碰到她的手，然后又收了回来。

我想，我是在这个时候喜欢上程晨的，即使之前一直有着强烈的好感，而这一刻，我看着她盈着泪光的双眼，深深地被她打动了。

听见 冬天的离开
我在某年某月醒过来
我想 我等 我期待
未来却不能理智安排

“靳海阔，靳海阔……”

“嗯？”

“好在最后他们遇见了……”

“是啊，大团圆结局！真好，哈哈。”

向左向右 向前看
爱要拐几个弯才来

电影结束了，我的思绪也被拉回来了，我还是那个帮别人带女友的靳海阔，她还是那个情窦初开，喜欢着张祥森的程晨，我们都不是电影里面的男主角和女主角。

我看着路 梦的入口有点窄

我遇见你 是最美丽的意外……

【祥森】

十八岁的时候，我每个周末都会到建新西路的老楼一次，踏上七楼就像是回家一样。但是，那时候的我并非一个人，徐佳跟在我的身后，然后在到达楼下的时候放开我的手。

“记得，上去之后，我爸妈问你什么，你都要和我刚才教你的一样，知道了吧。”

“大小姐，你真啰唆。”

“好啦，我知道你不喜欢我重复，但是要是被我爸妈知道我和你在一起，肯定要被骂死的。”

“知道了。”

徐佳是我的初恋女友，她与我同桌三年，然后我们在一起了。或许年轻的时候，两个人在一起不需要什么理由，互相喜欢，就水到渠成了。周末的时候，我会到徐佳的家里帮她补习功课，这也算是一部分借口，重点是我们可以明目张胆地在一起。

好在徐叔叔和赵阿姨很喜欢我。

“祥森，你看你每周都来帮我们小佳补习，真是麻烦你了。”

“举手之劳，这是我做班长应该做的。”

“你这孩子就是会说话。”

高中的时候，我当了三年班长，其实我不喜欢用“班长”当幌子，但是徐佳叫我这么说，她说只有这样，她爸妈才不会怀疑。

我们常常在一张小桌子上度过周末的下午，我看着她做数学题，然后自己在一旁背单词，当她遇到不会的，就用笔头戳一戳我的手臂，或者用脚踢我。

“这个椭圆的焦点方程怎么设啊？”

“刚才不是说过了吗？”

“忘记了嘛。”

“自己想。”

我喜欢惹她生气，因为她生气的时候总是像受委屈的孩子，然后闷着头冥思苦想。

“先设未知数……”

“不要你说！”

她倔强得有时候一个下午还在鼓捣一个数学题，而我单词已经从“F”背到了“K”，最后她总会投降，“好啦，给我讲讲吧，实在做不出来。”

晚餐永远是赵阿姨下厨，那是我吃过最好吃的家常小菜，和我父母常年在外面的饭店辗转，吃腻了那些山珍海味，我反而更喜欢这个温馨的小家。

徐叔叔帮我夹菜的时候总是说：“来来来，这是你赵阿姨最拿手的，每次看见你来，就做一次，她啊，都把你当半个儿子了！”

“祥森很乖嘛，我有这样的儿子简直幸福死了。”

而这个时候，徐佳都是不大高兴，“喂，妈，你有我就够了嘛。”

我很羡慕徐佳家庭的氛围，因为在我家里永远感受不到，除了琉璃吊灯和大理石地板，空荡荡地听见自己走动的回音，其余的什么也没有。

我们和那些年轻的情侣一样，常常幻想着我们的未来，幻想着有一天我们考进同一所大学，然后学相同的专业，毕业后结婚，生子，然后到老。

我们悄悄牵着手走过那些灯火辉煌的街头，然后我在她额头上落下一个轻轻的吻，这些都是我们常做的事情。

我喜欢徐佳，是因为她的善良和天真，或者说，我更喜欢的是他们家，有时候我坐在自己家的饭厅，看着母亲做好的菜，整张大桌子就只有我一个人，孤单和落寞扑面而来。他们总是很忙，要不就打电话叫我去外面的饭店和他们一起吃，要不就匆匆热好冷菜，自己离开。我有时候觉得，我的家不算家，只有徐佳的家才能给我温暖。

但是我永远都没有想到的是，徐佳高考落榜了，这对她来说无疑是致命的打击。

得到成绩的第二天深夜，她从她七楼的房间跳了下来。

没有给我留下任何一句话，她就这样离开了。

在去柴佳山的墓地途中，我不觉就想起那台彩虹牌电视剧旁边的照片，这么多年了，一直没有忘记过她的样子。很长一段时间，我不敢靠近建新西路，因为我总感觉那里的每一寸地方都留着我们的回忆。我也不敢见她父母，特别是赵阿姨泣不成声的样子。

直到大学后，我才真正接受了这个事实，我知道徐佳不会回来了，而她知道，我会照顾她的父母，她什么话也没有给我留下，是因为她知道我一切都懂。

但是，我觉得她这一次太任性了。

徐佳，你知不知道你走了之后，那些爱你的人有多伤心，你又知不知道，你这纵身一跃根本解决不了任何问题。我现在说的什么你都听不到了，以至于我站在你的墓碑前，只有点一支烟发呆。

我已经有很多年没见到你了，反正四下无人，让我说一句肉麻的话，其实我很想你，常常想，我怀念那些坐在大桌子前逗你生气的下午。可我遗憾的是，我们在一起的时候，我没有叫过你什么亲昵的称呼，因为你知道，我叫不出。你知道我常常惹你生气，但是还是那么喜欢你。

可现在说这些有什么用呢，到最后，我们并没有考上同一所大学，也没有办法一起毕业，结婚，生子，携手到老，你甚至没有半点争取，就早早放弃，这也是我一直埋怨你的地方。

你明明知道我舍不得你，你还这么做，你是在报复我对你太凶，怕我去了大学喜欢上别的女孩子，所以让我内疚和怀念一辈子吧。

我原本以为我去了墨尔本就可以永远逃离这些东西了，但是上天还是让我回来了，不，应该是你让我回来了，你就是怕我把你给忘了。

你永远都那么任性。

第二章完

第三章 突然好想你

BGM：《突然好想你》——

最怕空气突然安静

最怕朋友突然的关心

最怕回忆突然翻滚 绞痛着不平息

最怕突然 听到你的消息

【程晨】

墨尔本的天气总是好到让我觉得自己活在梦中，不愧有“花园之州”之称。每当看见万里无云的天空时，我都会想，人一辈子会做很多很多的决定，而这辈子我最不后悔的事情就是选择嫁给祥森，然后和他来了墨尔本。每次我在院子里打扫卫生，修剪花草的时候，我就会想这些年家里怎么样了，若不是父母执意不肯出国，我早就将他们带到这里来了。

我和祥森来到墨尔本之后，他比我想象中还要努力，在很短的时间内，我们就靠自己的努力，租下了一套不错的公寓，带着一个小院子。在大多数年轻人还在住合租屋的时候，我们已经可以安顿下来，大部分的原因还是归功于他。

下班的时候，我和Lucky去超市逛了一圈，其实也没有什么必需品需要购置，但是就是闲得想去转转。祥森不在的这段时间里，我的生物钟和习惯规律全被打破了，有时候甚至忘记喂孩子吃东西，我真不是一个称职的母亲。因为我总是有不太好的预感，但是又说不上是什么。

好在办公室里Lucky喜欢给我讲笑话让我放松，他说看我一脸紧绷的神情就知道没休息好，但是他说的笑话只能让我微微一笑，或许是中西文化的差异，我总是无法体验到他口中故事的精髓。

有时候，我得感谢Lucky，就像当初的靳海阔一样，在祥森加班或者出差的时候，他总能够帮我找点乐子，让我开心一下。没找到工作之前，我以为我可以安心地做一个全职太太，但是祥森似乎不愿意我这样懒惰下去，于是我还是投了简历，用我蹩脚的英语找了一份不大需要说话的工作，而很巧的是，上天安排了Lucky的出现，帮我解决了不少问题，所以我给他取名叫“Lucky”，也是这个原因。

他不是碧眼金发的帅哥，当然也不丑，长得比较大众，有着澳洲人典型的U形脸，微微发卷的头发，笑起来特别像周末娱乐节目的主持人。他特别喜欢中国的饮食和文化，所以看见我的第一眼就和我特别聊得开，因为他之前去过中国，有时还与我能够用汉语简单地聊上几句。

回家的时候，保姆还在厨房为孩子热东西，而我累了一天，什么也不想做，就躺在床上睡了过去。我知道保姆会处理好一切的，当然，我离孩子不远，他一哭，我就会醒的。

躺在床上，我突然想到，大学的那会儿，现在正是考试的时候。

对于大部分人来说，大一的上学期总是浑浑噩噩地度过了，进入大学后的我常常会忘记我是在上学，还会有考试，以至于到期末的时候，我发现我什么都没学，书本都是崭新的。卢菲菲随便问一个题目，我都答不上来。我知道我挂科是必然的了，距离考试还有不到一周的时间，跑图书馆成了我每天必做的事情。如果你在我们学校看见一个抱着书本，蓬头垢面又肆意奔跑的女孩，那一定是我。

回想起来，我大一都做了些什么呢？逃课，喝奶茶，看帅哥，暗恋，来来去去，都是一些无聊的事情，不过，倒有几件可以回忆的，而恰好值得回忆的事情里，都有靳海阔的身影。

那是距离考试不到一个星期的时候，我在深夜把靳海阔拉了出来。

天空中高悬的弯月在云雾中忽明忽暗，此刻已经是宿舍熄灯的时候了，但寝室的人却像打了鸡血一样围在一起玩真心话大冒险，其实我现在也弄不懂，十七八岁的人怎么那么热衷于这个游戏，大概是那时候手机功能还没有那么先进，也没有什么别的娱乐活动可言，而我在这次游戏中很不幸地中招了。

魏兰使坏说："没别的要求，你去男生宿舍楼下，大声向张祥森表白吧，必须大到我们都听见。"

而我居然大半夜地趿着拖鞋跑到男生宿舍楼下，然后下楼前还信誓旦旦地说："魏兰，我要让你知道我是超级无敌美少女，没啥不敢做的。"

可是没走几步路，我就认㞞了，夜晚的风吹得我有些冷，男生宿舍里发出一阵阵插科打诨的打闹声，我知道如果此刻我发疯一样表白，明天就会成为院系里最大的笑话。

靳海阔望着我，问："这么晚了，干吗呢？"

靳海阔要是知道我是在玩真心话大冒险，一定调头走人，说实话，我拿捏不定他是不是会帮我。

"那个……我突然有个疯狂的想法。"我故意把眼睛睁得特别大。

"你的想法一直挺疯狂的，不是吗？"

"哪有，这次是真的！"

"所以说，你要我和你一起疯狂下？"

"Bingo！"我望了望男生宿舍的楼上，我早就打听好了，张祥森就住在307，"是这样的，待会儿，你帮我喊'张祥森'，我喊'我喜欢你'，然后……我们一起跑，怎么样？"

"你是要表白啊？"

“怎么样嘛……”

“很好啊，不过干吗不全由你一个人喊呢？”我原本以为他会觉得我幼稚，没想到他竟然表现得那么平静。

“因为，因为你的声音比我大，可以让他听见，然后，我的那句，只要我自己听见就可以了，而且，分开喊，我也没有说我喜欢谁，这样别人也不会笑话我。”

“什么逻辑啊，只有程晨同学你才想得出。”

“帮不帮我啊？”

“当然，非常乐意！”

我还没有准备好，靳海阔就对着宿舍楼大吼了一声：“张祥森！”那声音大到整栋楼的男生都听见了，有的人还探出了头，轮到我的时候，我一下乱了阵脚，“我……我……”

“你什么啊，人都进去了，哎……”

我很没出息地看着那些男生嗤嗤笑着进去了，重要的是，张祥森还没出来，这下真是丢脸丢到外婆家了。这时候，靳海阔拉起我的手，跑到了宿舍旁边的荷园小店，随手拿了一瓶廉价二锅头，然后递到我手上，“喝！”

“什么？我不会喝白酒啊。”

“一口喝，别犹豫，相信我。”

靳海阔的笑总是给我很大的勇气，蛊惑着我干一些我根本不可能干的事情，但看着他执着的双眼，我还是扭开了瓶盖，一口喝了下去。

天啊，这是什么东西，呛得我想哭，喉咙辣得要冒火了，不一会儿，我就感觉到一阵眩晕。

“行了，跟我来。”靳海阔拉着我的手往宿舍楼奔，我深深感觉到我已经不能走直线了，“现在，我喊张祥森，你就叫后面的，用力叫，你要想，你不叫，他就睡觉了。”

“噢……”靳海阔在说什么，我一点都听不进去。

“张祥森！”

“我喜欢你！我喜欢你！”天啊，那一定不是我，“我……”我什么都看不清了，只感觉到浑身发热，然后我说了什么我都不知道，“张祥森，我叫程晨……我喜欢你！”

虽然我已经神志不清了，但我知道靳海阔在笑，很多人在笑，他们都在笑。

睁开双眼的时候，我首先看见了卢菲菲的大眼镜，魏兰和乔爽都在水槽洗脸，除了剧烈的头痛外，我什么都感觉不到，世界好像失去了声音，我是怎么回到我这个狗窝一样的小床上的我也不知道。头脑中突然闪现我昨夜那丢人的一面，我就马上坐起身来，“天啊！魏兰，我昨天是怎么回来的？”

“你这跟猪一样的女人，睡得跟什么似的，那个男生把你送到楼下，然后我们把你拖上来的，我们三个可是累死了，你还一边说胡话。”

“我说什么了？”

“哈哈，你说呢，怕是什么都说了……”

“不是吧……都怪靳海阔，让我喝白酒，我要杀了他！”

我想我是做梦了，又梦见自己大学时那些糗事，要不是孩子尿床哭了，我还沉浸在那年少无知的岁月里。那一刻，我还真的不想起来，但是想到我已经忏悔过自己作为母亲的不负责任，就不应该再犯，所以还是起身，帮孩子换了尿布。可是孩子依旧在哭，是饿了吗？我看手表上的时间，距离保姆喂东西到现在不过半个小时。我的手轻轻地放在孩子的额头上，孩子滚烫的额头让我内心一紧，我慌乱找出温度计，孩子翻来覆去地动，好不容易让他安静下来量体温，果不其然，孩子在发烧。

在孩子出生的一年里，这是第一次生病，祥森不在身边，一时间我不知道该怎么办。抱着孩子去医院的路上，我给Lucky打了个电话，我从来都不是一个独立的人，从小到大，即使现在为人妻为人母，我总是想着要找谁谁谁帮个忙，每次这个时候，我都觉得自己糟糕透了。

但是到达医院的时候，未婚的Lucky和我一样不知所措，我不清楚孩子看病的步骤，站在医院的走廊里快要哭出来，孩子的哭叫声已经变成了喘息，我不禁抓着一个护士大叫起来，“Help me！”

为何在这一刻，我最先想到的不是自己的丈夫，而是靳海阔呢，如果他在这里，一定会有办法解决的。

无助少女遇到麻烦了，无敌超人在哪里呢？

【祥森】

徐佳十八岁生日的那天，我和一群人在KTV听她唱歌，她用甜美的声音唱着梁咏琪的《花火》，然后靠在我的肩上说：“张祥森同学，你还欠我一首歌……”

我沉着脸，说：“你知道我不会唱歌。”

“啧啧，我今天成年呢，意义重大，你都不给面子。”

“成年了更应该懂事。”

“不要一天用大叔的语气说话，最讨厌看你这副脸色了。”

“那别理我吧。”

“干吗，非得惹我不开心吗？”徐佳总是喜欢任性地撇过脸，然后双手插在胸前。身边的人都应和着：“班长，你好歹也给寿星一点面子吧。”我依旧无动于衷，她也知道，我不会和其他男生一样去哄女孩子，不一会儿又自个儿去唱歌了。

和大部分男生不同，我最不会做的就是纵容自己喜欢的人。

我从包厢里逃了出来，站在走廊尽头的阳台上，那年我还没有学会抽烟，因为徐佳不喜欢抽烟的男生，但她去世后的第二年，我就染上了烟瘾，说来，也算是和她的不辞而别对着干，我也挺任性的。

我什么也没做，只是站在阳台上吹风，有时候我并不喜欢徐佳那任性的臭脾气，但是我也从来不挑明，让她一个人生生闷气，就会主动来找我和好了。只是这样周而复始的循环让我比较厌烦。

我只是站在阳台上发呆，没有目的地发呆，但徐佳跑出来抱住我的时候，说：“大叔，又在装深沉啊。”我不喜幽默，但我真没装，本来就深沉。

“他们在唱歌，你却跑出来了，每次都要这么特立独行吗？”

“大家开心就好，有我没我一样。”

“不一样，你明明知道的！”她咬了咬她的小嘴唇，“没有你，我也不想唱了。你明知道我就想唱给你一个人听。”徐佳眼眶中盈着泪水，但我依旧没有动容。她应该去考个戏剧学院，她真的比那些女明星更爱流泪。

“得了，我们下去走走吧。”

徐佳牵着我的手，慢慢走在夜晚的街道上，她说她有点渴，然后我们去附近的小超市买了一罐雪碧，拉开拉环的时候，她就笑了，“再来一瓶！”

我喜欢她笑。笑的时候不会像生气那样爱撒娇，独立，洒脱，迷人。

她哭，她闹，或者是任何表情都不能牵动我脸上的神经，但唯独她笑，我也笑了。

“老天说我一个人喝太自私了，所以要送一罐给你。”她摇动着手上换来的那一罐雪碧，得意地笑着递给我。

“老天是说，你今天生日，得再送你一罐才对。”

“怎么都好，反正我开心，给你。”

接过冰凉的雪碧，饮了下去，碳酸在下喉之前慢慢分解，酸酸甜甜的感觉，就和徐佳一样，那是十八岁的雪碧，徐佳中奖获得的雪碧，独一无二的雪碧，所以，多年后，我再也找不到一罐相似的，好像那一罐真的就是老天特地送的。

那一夜，我们走在广场上，看着那些人对着音乐喷泉拍照，徐佳死死拽着我的手，说：“我们也去拍一张吧，走嘛……”但我没有答应，“以后有机会的，别去了，站在那里，路人看见我们，傻乎乎的。”

徐佳又嘟嘴了，然后吐吐舌头，甩开我的手，绕着音乐喷泉跑了一圈又一圈。

如果那时候我答应她，一起拍一张照片就好了，至少算作送她十八岁成年礼的礼物。而到多年后的今天我才发现，除了毕业照，我和她连一张合照都没有。

徐佳去世后，我发誓我不再谈恋爱了。

以至于念大学时，我常常听见那些女生骂我的声音，或者是远远的指着我，然后说一些奇怪的话。我并不认为不交女朋友是什么缺陷，只是我太怀念故人，所以不愿意去接受新人罢了。但是没有人懂我，不过，我也不需要谁来懂，自己知道就好了。

但和程晨相遇，算是一个例外。

一切源自于一个清晨的意外事件，狗血，俗套，又没能绕过的相逢。

那是刚刚入秋的时候，我居然也会睡过头，当我睁眼的时候，室友早已不见踪影。我跳下床，洗脸刷牙，夹起书本就往外奔，解开单车的锁，然后飞速驰骋，我实在不想我的人生被画上迟到的污点，或许是我太急，没有注意到从岔路走出的程晨，就这样在听见她远远的尖叫声时，我连人带车摔了下去。

幸运的是，仅仅擦破了皮，上课时间，周围没有太多人看见，不算丢脸。

不幸的是，伤口还是比较大，我必须去医务室擦药，而不得不废掉早上的一节课。

“张……张祥森……”她倒是第一眼就认出了我。

我起身扶起单车，倒霉的家伙，滑链也掉了，根本没法骑，伤口一阵隐隐作痛，该死。

“天啊，你受伤了，要不要我送你去医务室。”

我不想惹麻烦，依旧没有回答，把单车靠在一边，然后上锁准备离开。

“你膝盖流血了，啊……”

“能安静一点吗？”

“不是因为我吧？”

我不得不想，这女孩是白痴吗，现场除了她，还会有第二个人让我这样狼狈不堪，“不是，我的车坏了。”

“还好不是我……”她突然又笑了，“你真的不要紧吗？”

“我……”我居然不知道说什么了，“我没事，你去忙你的吧。”

“其实我不怎么忙，一二节没课，你是去医务室吧，我陪你。”

“我不去医务室，买点药就可以了。”

“那也行，我顺便去东门买点东西。”

“你能不跟着我吗？”

“行，我只是顺路，要不，你走左边人行道，我走右边……”

“……那我还是去医务室吧。”

如果那时候我不是一肚子怨气，我倒觉得这个小姑娘还挺可爱的，可是一大早我就遭遇了无数让我心烦的事情，导致我最后不得不灰着脸面对她。我已经很久没有对一个女孩子有这样的耐性了，主要还是她没有被我的冷漠吓到，也没有和其他女生一样生气地说：“张祥森，你他妈有什么了不起，去死吧。”她没有哭，好吧，我承认最主要的还是她笑了。

她笑了，在某一刻，和徐佳很相似，久违的笑容让我的怒气一点点消散。我就这样忍着痛，一步一步地向医务室走去，而程晨就跟在我旁边。

“对了，我叫程晨！”她特别强调了她的名字，我知道，她要我记住。

“噢。”

“你平时也这样吗？”

“嗯？”

“说话冷冷的，又不爱多说几个字。”

“可能吧。”

“真是怪人。”走了几步，“不过也算有个性吧。”

我在医务室上好药，抬头就看见程晨眨巴眨巴的大眼睛，“我没事了，你先回去吧。”

“嗯，就走。”但她依旧一动不动。

“怎么了？”

“你还记得我叫什么吗？”

“程晨。”

“嗯，记住了哦，好了，我走了。”

我以为仅此一面，再不会遇见。但是我错了，不久之后，我就在李教授的《经济学》上遇见她，虽然我不确定她是不是也要学这一科，但是我很确定我之前从来没看见过她。她身边还有一个男生，那个人我认识，是我隔壁寝室的，名字是靳海阔。

他们坐在一起，不过在我后面，偶尔我会回头，看见靳海阔在睡觉，程晨对着黑板发呆，连笔都没有动一下。

我就知道，他们不是来听课的。

后来靳海阔没有再来，程晨却一堂不落的来听课，总是坐在后排，带一本不是《经济学》的书，也不带笔。下课后，我走到她座位边，她一抬头就吓了一跳，“啊……”

“叫什么？”

“没什么，你怎么突然出现了！”

“我在这里上课啊。”

“你在这里上课？这么巧啊？”

“巧？你是要拿着一本《心理学》告诉我，你也在这里上课吗？”

我刚说完，她就马上用手捂住了教材，“这里不是《心理学》吗？”

好吧，我被这个女生彻底打败了，“下课了，你要留在这里自习吗？”

“不，我……”她的脸颊通红，我想，她现在肯定觉得尴尬。

“那我先走了。”

“等下！”

“怎么了？”

她从心理学里抽出一个信封，“给，写给你的。”

“情书？”

“嘘，不要叫啊！”

“干吗要叫，只是，什么年代了？”

“喂，这年代能写这么厚厚一叠情书的人才算用心的人，你懂不懂啊。”

“不怕我扔了？”

“扔了我再写。”

“算了，我先走了。”

我没有拆开那封情书，当然也没有扔掉，我就将它放在我的抽屉里面。有些事情我一时间也解释不清楚，如果是其他女生递过来的信，我或许还没看就叫中间人帮我处理了，或者是当面直接拒绝那个女生，任凭她哇哇大哭，也置之不理，但是对于程晨，我总是不忍心这么做，或许是因为那一抹笑，如果一开始不是那一抹和徐佳有几分相似的笑，我或许也不会有恻隐之心。

好在，徐佳和程晨即使有神似的地方，也不过是片刻表情。

我窝在床头，点燃一支烟，突然念叨了一下“程晨”。

是程晨，不是徐佳。

【海阔】

我这人运气不太好。爸妈死得早，我又得了绝症，喜欢的女孩不喜欢我，而且，她若喜欢我，我还陪不了她多久，我这人不能喜欢别人，至少不能谈恋爱，不然对方知道我以后要死了，肯定甩了我，如果死心塌地地喜欢我，那我死了，她就得守寡了，总的来说，我运气不太好。

但是，我觉得我活得挺开心的，因为在我心中，我爸妈从来没吵过架，两人关系好，死都死一块，我奶奶对我疼爱，我妈还把钱都给我了，可谓想要什么，就有什么，物质至少是不缺的。上了大学还遇见了一个不错的女孩子，虽然不是我女朋友，但有什么总会第一时间找到我，我觉得这就够了，至少证明她需要我。

我这人就是没有什么追求，因为没有追求也就没有烦恼，大概就是所谓的无欲则刚吧。

就在前一天晚上，我帮程晨向张祥森表白了，我把醉醺醺的程晨送回寝室，再回来的时候，整个男生寝室都沸腾了。可我没有选择上楼，而是拐了弯去了男生宿舍后面的草地。其实那天挺冷的，但我还是靠着树坐了下来，看着天空里零星的几颗星星，深深地吸了一口气。靳海阔，你真洒脱，真伟大，真男人，真……我找不到自诩的词了，但我就觉得自己这样做了还是很不错的。

虽然我内心深处还是有一点点小疙瘩，但我觉得并不影响我的心情。

看着男生寝室的灯渐渐熄灭了，我知道他们的兴奋劲儿过了，才起身准备回去。

但刚到寝室的时候，就被大康他们数落了一番。

“靳海阔，你真是个蠢蛋！”

“啊？”

“你自己追不到，可以让出来给寝室其他兄弟嘛，没必要便宜隔壁那个小白脸啊。”

我实在受不了大康的思想，跳上床，转身，蒙头，睡觉！

我只希望明天是个好天气。

果然我运气不好，第二天下雨了，阴雨绵绵总是让人心情不爽。当我刚刚下楼的时候，就在楼下看见了程晨。这次，她是满脸怒气的样子。

“靳海阔，你给我站住！”

“嘻嘻，起得真早啊，不过今天天气不好。”

她收起伞，然后走过来，“别嬉皮笑脸的，我现在正生气呢！”

“那我去吃早饭，吃完了，你应该没那么生气，我再嬉皮笑脸吧。”

"给我正经点！昨天晚上，你让我丢脸丢到外婆家去了！"

"但是，我觉得很好啊，你现在出名了呢，我们整栋男生宿舍的人差不多都知道你了，这叫舆论压力，张祥森很快就会答应你了。"

"啊……我不管，靳海阔，你要赔罪，是你害我颜面扫尽的！"

"怎么赔啊？"

"考试给我传答案。"

"什么？"

"就这么定了。"

这绝对是我没想到的答案。

早饭吃的卤粉，大康和蚊子坐我旁边，大康说："怎么看，都觉得那女孩是你的，你个傻逼。"

我埋头吃着粉，一口气解决了一碗，"哈哈，味道真不错！"

我不想像琼瑶剧那样搞得情情爱爱，纠缠不休，所以大康的话，我左耳进右耳出。

"其实那女生挺好的。"这是蚊子说的，"身材也好，脸蛋也好，脾气也不错吧，靳海阔，你们很有夫妻相啊。"

"要不要再吃一碗，挺不错的，反正外面在下雨。"

"你不是又准备逃课吧，今天可能会点名画到。"

"不是有你们嘛……"我把重任都交到大康身上了。

"那你要干吗去啊？"

"秘密。"

出了食堂，外面还在下雨，大康和蚊子把伞拿走了，我只好淋着细雨漫步校园了。其实我哪里都不想去，我就想一个人安静安静，这样的小雨其实也不差，走在学院路上还感觉特别浪漫。就是孤单了点，要是身边还有个人，说说笑笑，闹闹也好。

程晨提到的考试，我自己一点把握也没有，更何况从小到大都没有作过弊的我，还真不知道怎么给程晨传答案。这是我烦恼的事情，不是烦程晨向张祥森表白了，也不是烦大康一群人口无遮拦，而是烦我这个无敌超人也遇到了棘手的问题。

淋点雨也好，让我清醒清醒，要是解决不了这个问题，我还有什么面子在程晨面前混下去呢？

双双挂科，做对苦命鸳鸯？算了吧，我只是只臭鸭子，哪里配得上呢。

什么都先别想，去外面取点钱吧，或许看着取款机吐钱的时候，我会有什么灵感呢。

可惜，灵感没有，倒霉的事情一大筐，卡插进去之后，居然因为记错了密码而让取款机吞了卡，烦心的事情又多了一件，今天下雨就不是什么好征兆，我说了，我就是运气不大好。

深吸一口气，转头就看见了同样来取钱的张祥森，实在没有办法，还是冲着他笑了笑，然后准备离开。

“那个……”他从背后叫住了我。

“嗯？”

“算了，没啥……”

我估计是昨天晚上的事情，现在遇见他，莫过于今天所有倒霉事中最尴尬的一件，可是就在我走了几步路之后，我突然想起什么，又掉了头。

“那个……”这次是我叫了他。

“什么？”

“你高数好不好？”

“还行。”

“帮我补习吧。”

这应该是我十八年来做过的最失败的决定，若非我走投无路，我也不会出此下策。虽然张祥森愣住了，但是还是答应了下来。突然之间，我感觉心里轻松了很多，然后拿着身份证乘公交去市区挂失银行卡。这个时候雨停了，张祥森和我道别，其实他这个人，除了闷一点，严肃一点，也没有什么很让人讨厌的地方，何况他确实长得好看又优秀，我没有一点比得过的，能这样坦然夸奖自己的情敌，除了靳海阔，还有别人吗？

我被我自己的想法逗笑了，否极泰来，我也应该倒霉到尽头了吧。

从那天开始，除了教室和寝室我别的地方都不去了，泡面成了我的食粮，书本成了我的精神食粮，差一点我就要头悬梁锥刺股了。不过，我不得不佩服自己，虽然大学的课程挺深奥的，但是自学起来也很容易，遇到实在不懂的，就跑到隔壁寝室问张祥森，他不是那种把所有东西都讲给你听的人，只是讲些关键的地方，注意什么，然后很多题目我都能解答出来了。

这些活动，当然我都得秘密进行着，至少到时候能给程晨一个惊喜，好歹夸夸我，说：“靳海阔，看来你还是挺厉害的嘛。”

期末考试临近，大康他们也不再玩游戏了，但是除了在寝室转转跑，什么也不做。

“要挂科了啊……”

“看书嘛。”

“看不进去啊。”

“那就别看，玩游戏吧。”

“心里有事情惦记着，怎么玩得进去啊。”

“大康，不像你啊，咋这么纠结呢？”

“我不想留级啊！”

这是学校出台的规定，主要是针对像我们这样平时不学无术，到考试又不用功的人，一旦挂了指定数量的科目，补考又没过的话，就只有留级了，挂科数到达八门就要被学校安排退学了。如果学校没有这样的规定，或者说，跟我们高中一样，不及格就不及格，没有多大影响的话，大康他们也不会这么急了。

“靳海阔，你小子这段时间复习得怎么样了啊？”

“马马虎虎。”

“那就是能过了？”

“差不多吧。”

“给兄弟们传答案吧，生死关头，是考验你的时候了。”

“大哥，我没作过弊。”

“考试不作弊，来年当学弟，你没听过吗？”

“胡说八道。”

于是心地善良的我又被安排了新的任务。

考试前程晨打了电话过来，那时候我刚刚洗完澡，准备上床睡觉。

“靳海阔，你现在忙吗？”

“不忙，你又遇到困难了吗？”

“不要把我说得只有有事麻烦你才找你好不好。”

“没有，你看你，我只是预感我又要发挥我的超人威力而已。”

“好啦，只是我现在有点饿了，你能出来陪我去吃火锅吗？”

我看了看挂在墙头的钟，已经十点半了，校门口的火锅店应该都关门了，这时候正是学生群归寝的时候，“现在外面应该都关门了吧。”

“也是，不过我真饿，算了吧，睡觉好了，躺下应该就不饿了。”

“我在楼下等你吧。”

“啊……”

“抓紧时间。”

我套上外衣，爬下床梯，然后以最快的速度向门外奔去，大康吼着：“你小子晚上还回来吗？”我又被他这句话咯到了，“回，别锁门！”

我几乎和程晨是一同到楼下的，这天晚上，她穿了一件红色运动衫，然后把头发扎成了一束，比起往常，精神了很多。

“快走吧，或许赶得上。”

“靳海阔……你干吗要对我这么好啊？”

程晨，你可以骂我，怪我，打我，然后叫我正经点，或者说我丑，嫌弃我，甚至不理我都好，但是千万别问这个问题，因为你一问，我就不知道怎么回答了。我干吗要对你这么好呢，干吗像大康说的跟傻逼一样默默地付出呢，我干吗不蒙着头睡大觉，然后把电话关机呢，对了，我电话还二十四小时不关，一响起来就首先看是不是你打的，想着你这个无助小姐估计又遇上麻烦了，可是，我做这么多，到底为什么呢？这个问题，我自己问过自己多少次了，不过总是找不到答案的。

“再不走，吃不上火锅咯，待会儿饿死你。”

“那我们跑吧。”

最后我们还是如愿以偿地吃上了火锅，过程是艰辛的，在我拍着老板的门，然后嬉皮笑脸和老板说了接近十五分钟，最后赖皮不走才让老板勉强为我们准备了一锅火锅，看着程晨美滋滋地吃着火锅的时候，我的心里好像升起了万丈千阳。

“今年放假你回家吗？”

“嗯。”

“其实我怪舍不得的……”程晨一边咽着牛肉，一边说。

我真希望我没听清楚，你让我鼻子酸酸的，别舍不得我，舍不得张祥森吧，反正我也不知道哪天就挂了，你可千万别和我说这句话，程晨，真的，我怕，我不怕死，就怕有人舍不得我，所以奶奶叫我别谈恋爱，我算是明白什么意思了。原本我以为，我死了，你也不大会伤心，但是现在，你突然说起这句话，让我真的很难受。

我一口喝下了可乐，然后说：“又不是没电话。”

“也是啊，哈哈，赶紧吃，我估计老板连杀我们的心都有了。”

“放心吧，我和老板说了，我回学校帮他打广告呢。”

“那我也打打吧。”

“好，哈哈……”

其实你不说，我都忘记了，我们放假了，就各自回家，要过一个多月才能见面了，一个多月，没准儿能发生什么呢。老天，其实我不怕死，不就一闭眼，啥都过去了吗，但是现在我贪生了，人果然是贪心的，我心里许一个小小的愿望，至少，这个寒假别把我带走了，让我多陪陪她，你说好吗？

“靳海阔，我给你介绍个女朋友吧。”

“本人太穷，养不起，本人太懒，没心养。”

“你老大不小了。”

“其实我挺小的，刚成年不久。”

“古代都生娃了。”

“可我活在二十一世纪。”

“还是说，你喜欢男生？”

“小姐，谢谢，我撑到了。”

回去的路上，程晨走得特别慢，路灯都已经熄了，她在我的背后亦步亦趋。我回头看她，她就低着头踢石子，“现在都过了十一点了，再不快点，寝室就锁门了。”

“噢……”但她还是没有向前跑。

“怎么了啊？吃太多了，走不动吗？”

“不是，你看现在寝室都锁门了，我们就别回去了吧……”

我着实被程晨的话吓到了，“你……”我的脸涨得通红，路灯都熄灭了，黑乎乎一片，她看不见。

“你别误会……我是说明天就考试了，我还好多不会，特别是高数，我想去通宵教室看看书，但是，又不想一个人去。”

临近考试的时候，学校会单独开几间教室供同学通宵复习，程晨指的就是那个。

“哈哈，看你紧张的，我又不对你做啥。”

“你！我……是，我打一开始就是准备去通宵教室，但是一夜肯定会饿，所以想叫你出来吃点东西……”

“行了，看你语无伦次的，走吧。”

“真的去啊？”

“明天就考试了，临阵磨枪，多拼几分算几分吧。”

我让程晨在逸夫楼大门等我，我回宿舍让大康把书给我扔下来。大康老不情愿地扔了本高数给我，然后说：“就知道你今天夜不归寝，第一次见到在外面过夜还拿书去复习的，你可真够装孙子的。”

“没你想那样。”

“都在外面过夜了，我还能想到哪儿啊？”

“好吧，你们慢慢想，我先去了。”

程晨在逸夫楼门口站着，寒风瑟瑟，我好像远远就听见她的骨头在打架。虽然四楼开了通宵教室，但是上楼的灯都被学校关掉了。程晨胆怯地走在我的后面，试图够到我的手臂，但是又害羞得不敢抓住，其实我可以转过头吓她一下，这样她就会拉着我的手走了，但是我没有，我说：“你走前面吧，我在后面，你有安全感一点。”程晨点点头，然后走到我前面，她好像特别怕黑，每一步都走得小心翼翼。终于看见四楼的灯光，她才长长地舒了一口气。

通宵教室里没有几个人，毕竟明天就考试了，大家还是希望睡个安稳觉，死也死得平坦。

我和程晨找了教室的一角，程晨拿出她早就放在这里抽屉里的书，然后朝我吐了吐舌头。

那一夜真长啊，其实我什么都没看进去，程晨看一会儿，就和我说几句话，虽然来来去去都是那些没营养的问题，但是两个人却突然哈哈大笑起来，后来，教室里面就只剩下我们两个人了。

“有时候吧，总觉得有你在，什么都不怕了。”

程晨，你说这句话的时候，两眼是望着天空的星星的，你起身走到窗台边，然后深深地吸了一口气，说：“世界沉睡得像个婴孩，真想抚摸它的脸。”而我被你这句话深深打动了，不知道为什么，看着你，就算我再不开心，也可以笑起来。

之后，你拿着黑板上的粉笔，画了一个猪头，然后说：“像不像张祥森？”

我只是耸肩笑笑，你又说：“他怎么这么傻呢，都看不出别人有多喜欢他吗？”

其实，你形容的不止是张祥森。

“哎，就是一个猪头，笨猪，死猪，臭猪，哎……”你一边叹气一边骂。

后来，我们又一起看书了，看到我们都睡着了，要不是布置考场的人把我们弄醒，我们就要错过考试了。那是我们大一时最慌乱的一次，匆匆忙忙赶到考场，然后吐了一口气。

而考试就在我们的慌张中开始了。

大学的期末考试并没有想象中那么困难，大家都是经历过千军万马独木桥的人，这样的考试相比起高考，就是小巫见大巫了。我在半个小时之内就做完了高数的所有题目，然后把选择题记到手掌上，再把大题目用草稿纸记下来，举手交卷，路过程晨座位的时候，顺手扔给她。

可是，我挺倒霉的，真的，或许太紧张，手上的钢笔字迹都模糊了，我极力回想刚才的答案，调动我所有的瞬间记忆，勉强想了起来，可是就在这个时候，我发现，我手机不见了。

而我刚才从教室窗户往里望，看见老师慢慢地走向低着头的程晨。

有一瞬间，我是觉得宇宙大爆炸离我不远了。

第三章完

第四章 暗恋也很快乐

BGM：《暗恋也很快乐》——

原来暗恋也很快乐

至少不会毫无选择

悲伤的角色 我不太适合

【祥森】

我不喜欢我的家，因为我从来没把它当成家。每当我打开门，看见空荡荡的房间，冰箱上留下的备忘录，地板已经几周没有拖过了，尘埃在空气中游荡，我就只能把这个两层楼的跃层房屋当作是一栋旅馆，而且老板还不在。我们家里什么都不缺，缺的是人，缺的是一家人坐在一张桌上吃饭聊天的氛围。原本我以为我可以从徐佳的家中找回一点，可她偏偏又离我而去了。

我不是一个喜欢热闹的人，但是我还是希望家里能有点声音，哪怕是父母之间相互抱怨，或者问候一下我的近况，于是我常常怀疑，我到底是不是张家的亲生骨肉。

从小到大，凡是我提及的事情，爸妈都没有任何反对意见，我说想学钢琴，他们就扔了钱给老师，然后叫我搭多少路车直接到培训班的门口；我想学游泳，他们就帮我买了泳裤和游泳圈，然后办好游泳馆的月卡交给我。我想玩任天堂的游戏机，他们就托北京的朋友帮我带了一个回来，在我心中，不管好的坏的，只要是我要求的，他们都能满足，唯独我问他们可以在家陪我吃一顿饭吗，他们就会找来各式各样的借口搪塞，然后语重心长地对我说："森森，你知道爸妈在外面跑生意、应酬，都是为了你，乖，别任性了。"我只有自嘲地笑笑，因为我不是那种爱生气的孩子。

他们不太像我的父母，我的优秀与否在他们眼中也无关紧要，他们不爱在别人面前炫耀我的成绩，每当别人问起，他们也只是一笔带过，有一次我故意缺考，成绩下来的时候，老师打电话联系他们，他们只是说："孩子也有累的时候，很快他就会追上来的，别给他压力。”而后，他们没有在家里问过我任何事情。我的好坏都不能引起他们的注意力，到最后，我只有作罢。

我跟徐佳说过，其实我像一个没人爱的孤儿，结果遭到了徐佳严重的鄙视。她一边舔着冰淇淋一边说：“你这样的大少爷，就是身在福中不知福，你是没过过苦日子。你知道吗，几年前，我妈刚下岗的时候，我们家差一点就要垮掉了，那会儿我们每天的饭菜都严重缩水，我妈和我爸每天都在本子上精打细算，我上的那所初中又是一个坑钱窝，学校隔三岔五收资料费，我当时真想辍学，和我妈一起去外地打工。”她很快就吃完了那支冰淇淋，然后坐在马路上的栏杆上，“你根本不知道，如果一个家庭连最基本的物质都保障不了，有多么难以维持下去。你的父母是太爱你了，所以你才感觉不到他们的爱。”

“你这句话也太矛盾了吧。”

“事物是相对的，有个词，叫物极必反，他们就是希望给你最大的爱，结果你反而感受不到了，懂吗？”

虽然徐佳说得有几分道理，但我并不是太认同，在我心中，如果一味去追求原本饱和的东西，而忽略了本质的东西，那么，这些追求便是徒劳的。

上初中的时候，同桌常常和我抱怨筒子楼里拥挤的厨房，还有几家人共用的厕所，每天早上要提前几分钟起床才可能不会因为等上厕所而迟到，前排的女生又抱怨每天挤公交有多辛苦，时不时还被别人扒掉钱包，有一次，班长的母亲因为心脏病突发，全班同学为他凑钱，我从口袋里拿出了一张五十元，然后被其他人用异样的眼光看着我，还不时调侃一句“果然是富家子弟”。

他们所经历的苦难，我都没有经历过，所以，在他们眼中，我是一个幸福的富家少爷，一个受不了苦的富家少爷，一个根本就不缺少爱的富家少爷。可是，我为什么一点都没有幸福感呢？

徐佳去世后，我的幸福感更是荡然无存。在大学的日子，除了包揽大小活动来让自己尽可能不去胡思乱想之外，我没有别的事情可以做。但我发现，我做的事情越多，除了疲惫再无其他。如果说大学开始稍稍有了一点乐趣，那大概就是靳海阔和程晨的闯入。

从公墓回来的路上，我还是不自觉地让司机把我带到了母校门口。

校门口的保安已经换掉了，早已不是当年的老黄了，那时候老黄养了一条狼狗，取名大黄，一度曾为男生寝室讨论的话题，他们总说老黄和大黄是相依为命的兄弟。老黄人挺好的，即使再晚回学校也不登记我们的名字，只要偶尔给他买包烟，什么都好说，也可能因为这样，最终东窗事发被学校知道，所以把老黄给开掉了吧。

离开的这四年，学校的变化挺大的，东门向南建了新的音乐楼，逸夫楼旁边的美工楼据说是前段时间才竣工，文化广场和爱莲湖都没有变，还有程晨最喜欢的那条学院路。都说人不要回头去看过去的东西，一看就觉得自己老了，物是人非总是伤感的。几天前踏上建新西路那栋楼，就像进入了时光隧道，一下回到很多年前，而看见这些东西，都不免想起那些已经不在，或者远去的人。

路过文化广场前的多功能报告厅，总是有一块很大的展板，我突然在第二排的第四个位置看到了自己的照片，这块展板上的人都是每一年的优秀毕业生。

耳边突然响起了程晨的话，“张祥森……会不会很多年以后，你的照片也出现在这个上面啊？”

“但愿不要。”

“很光荣嘛，像你这么优秀的人才，学校肯定会大肆宣传的。”

“被路过的人像瞻仰遗容一样反复瞻仰吗？”

“哈哈，有何不可？”

路过图书馆的时候，看见几个女生正抱着书本在底楼焦急地等着电梯。突然头脑中闯进一幅快要褪色的画面，那是大一期末考试结束后的第二天，学生们都在图书馆收拾自己的书本准备回家。

我在出门的时候遇见了程晨，四楼的走廊上只有我们两个人，她抱着厚厚的一摞书，看着我。

“喂，帮忙拿一点可以吗？”我还没有答应，她就把书移到了我的手上。

“你也真是的，一个大男生看见女生需要帮助，都不会主动一点吗？”程晨理直气壮地指责我。

“我们好像还不是很熟吧。”

“你不会一点同情心都没有吧，至少我们不是陌生人吧，即使是陌生人，你也应该主动帮忙啊，张祥森，我有时候怀疑你是不是冷血动物，你有体温吗？”

我实在不想和她争辩，“期末考试怎么样？”

“一场噩梦。”

“挂了？”

“当然没有！不过，差一点，好在考试前一天晚上突击了一下，选择题大部分都会做，后面的解答题，有人给了我答案。”

“哦，作弊啊。”

“作弊也是一门技术啊，老师差一点发现了，不过好在我的手里捏的是另外一张纸条，事先准备好的，上面写的是‘考完去喝奶茶’，不过是自己写给自己的。何况，还有那条短信……”

“电梯来了。”我实在不想在四楼多待一分钟，看见她对自己考试满意的样子，我就不想再说话。

可是，老天仿佛故意要我和她多待一会儿，刚到二楼的时候，电梯突然停电了，我真想不到这么狗血的情节会发生在我身上。

“天啊，怎么搞的？卡住了？”黑暗中就听见她焦急的喊叫声，“不会突然坠落吧，我还不想死啊。”

“别急，等一下。”手机在电梯里一点信号都没有，真可谓叫天天不应，叫地地不灵。

“你想想办法嘛，我……”她突然靠近我。

“你怕黑？”

“嗯……”

“闭上眼睛。”

“干吗？”

“闭吧。”

她还是乖乖地闭上了眼睛，“到底要干吗啊？”

“三、二、一，好了，睁开吧。”

与此同时，电来了。

“天啊，你在变魔术吗？怎么做到的啊？”

“运气好而已，其实我……”

“真是太好了！好了，你把书给我吧，我去还书台还一些，就没多少了。”

刚刚走了几步，她突然扭过头，“对了，那天谢谢你，你还真是个口是心非的男人。”

“什么？”

她没有再说话，踏着流星大步离开。

看着她开心远去的背影，虽然不明白她最后那句话的意思，但是我心里却因为她的笑而温暖起来。其实我刚才根本没有想到会来电，我只是想利用心理学的暗适应让她睁开眼的时候，可以在黑暗中看见我，这样可以稍稍减弱她心里的恐惧感，不过，上天倒帮了我一个忙，缩短了我和她相处的时间。

那时候的我虽然并不讨厌程晨，但是我还是因为徐佳的事情有些排斥和女生在一起，某些时候，我试图去找心理医生看看，但是想来想去，我依旧没有去心理咨询室那份勇气。图书馆的电梯还是那部旧电梯，不知道有多少男生女生被关在里面过，此时，电梯到了，那几个女生走了进去，我看看表，也该回去了。

公墓的人员说，迁墓的事情在月底处理完，也没有多久，我就要回墨尔本了，真想好好珍惜在国内的这段时间。我翻开手机，给程晨发了一条信息，不知道现在她在干什么，吃饭了没，宝贝是不是又在闹别扭，她遇到烦心事了没，但我没有问这么详细的事情，只是发了一条——

下个月初我就回来。

有这句话就够了，一旦我回去了，所有的事情都结束了。

【海阔】

我在考场外面为程晨捏了一把汗，直到老师从她手里没收那张纸条，皱着眉看完，然后大步离开，我才松了一口气。虽然不明原因，但只要她没被老师赶出考场，就一切好办。虽然我找不到我的手机了，但是我看见了一个我非常熟悉的身影——张祥森。我知道，上天在为我关上一扇门的时候，必定要为我开一扇窗。

“张祥森，能借下你手机吗？我手机忘带了。”

“……可以。”

我站到一边，然后以最快的速度把手掌上的答案输入到短信里，然后发了过去，可悲的是，我不记得大康他们的电话号码，只记得程晨的了。发完之后，我将发件箱里的短信删掉，然后还到了张祥森手上。

“谢谢你啊，对了，这次考试还要多亏你帮忙，有空请你吃饭吧。”

“其实，不用那么客气。”这个倒霉家伙，一点不给我面子。

“应该的，应该的，呵呵，到时候叫你啊。”

张祥森走后，我看着程晨差不多也快出来了，虽然我这几天倒霉透了，但老天还是没有把我逼上绝路，船到桥头自然直，车到山前必有路，无敌超人还是无敌的。

程晨收拾好桌上的东西，踏出考场的第一句就是，“靳海阔！刚才张祥森给我发答案了……”

看吧，她一点没生气，按常理应该跑出来揪着我的衣服大喊，

“靳海阔！你怎么没有给我发答案啊！”可是她却是带着极为幸福的表情告诉我她收到了张祥森的答案。

“是吗？那他还是挺有人性的。”

“嗯，我也觉得，不过你怎么没给我发啊，虽然昨晚突击了，我很多会做，但是你这人也太不行了，只给我解答题的答案。”

“那不是有张祥森给你了嘛，我发来了，两个人答案不同，你看谁的啊？”

“也是，但是没人预料到他会发啊。”

“行了，走吧，看你嘚瑟样儿。”

我是得快点走了，因为我看见大康怒气冲冲地出来，准是想逮着我把我大卸八块，然后还振振有词地说：“你这有异性没人性的东西！”

接下来的考试都是一些不太困难的科目，前一晚上稍稍看一下，第二天都能做。于是，考试的事情终归告一段落。所有人都开始收拾东西，准备回家过年。

“靳海阔，你放假回家吗？”

“嗯，不然去哪儿呢？一个月，很快就过去了。”

“一个月，说长不长，说短不短。而且，不知道从某天起，我突然喜欢上我们寝室那仨小妞儿了，一时间舍不得好多东西啊。”

“相处久了，就会发现这个人还不错，只要不是极度恶劣的人，都能成为朋友的。”

“临走前，我们再去喝一次奶茶吧。”

“好，这次我要香草的。”

那是离别的前一夜，大康不知道从哪里抱来一把吉他，然后坐在阳台上，深情款款地弹了起来，之前我从来不知道大康也会这样风雅的东西，他就这样凝视着对面的女生寝室。那时候，月光刚刚洒进阳台，大康说，他舍不得他喜欢的那个女孩。大康的声音很低沉，就这样缓缓地唱着，我坐在一边看着他。他唱的是许巍的《曾经的你》，沧桑的声音和许巍有几分相似。

曾梦想仗剑走天涯
看一看世界的繁华
年少的心总有些轻狂
如今你四海为家
曾让你心疼的姑娘
如今已悄然无踪影
爱情总让你渴望又感到烦恼
曾让你遍体鳞伤

蚊子说："你看大康还真像一个情圣。"寝室的人就这样望着大康，他也不顾我们，就忘情地唱了起来，我总感觉他唱着唱着要流出泪来。

有难过也有精彩
每一次难过的时候
就独自看一看大海
总想起身边走在路上的朋友

大康突然收起吉他，“我们喝酒吧！”突然想到什么，斜眼看了我一眼，“靳海阔，你……”我挥挥手，“一杯两杯，没事的。”然后一群人跟着大康到了男生宿舍后面的草坪，大康拿出几罐啤酒。

“今儿哥儿几个啥都不说了，我干了，你们随意。”

大康说这句话的时候特别苦涩，我们几个都知道，那个女生前不久有男朋友了，而大康就常常看见他们俩牵着手在楼下不远的荷园小超市买东西。大康的恋情就这样被扼杀在摇篮里了，啤酒的泡沫与冬天的深夜，离别的歌曲与一群感情空虚的男人，这就是我大一生活的结束吗?

蚊子说：“我以前高中的时候，特别喜欢我们班班长，那个女生总是和我打打闹闹，后来毕业了，她去了上海。上学那会儿，她给我听过一首梁咏琪的《暗恋也很快乐》，就是那首歌，成了我高中的精神支柱。大康，不就是一段小小的暗恋吗，十年以后，你回忆起来，不会苦，反而会觉得甜，真的，相信我。”

大康又灌了一口酒，“蚊子，不是想不开，你懂吗，看着自己心爱的人和别人走在一起，那种滋味跟吃苦瓜一样。”

跟吃苦瓜一样，吃点苦瓜降降火吧，其实真的没必要，真的，大康，如果我是你，要么就眼睁睁看着心爱的人幸福，只要默默对她好，要么就努力从别人手上抢过来，当然，像我这样的人，只有默默给予幸福的命，爱情这东西，不是伟大就是自私，我也不想当一个圣人，但是，老天说，靳海阔，我就是让你当圣人的。比起你还可以憧憬未来遇见心爱的女子，白头偕老，我却只能珍惜我尚在人世的这些日子，珍惜与那个女孩子在一起的分分秒秒。

其实蚊子说的那首歌我知道，而且非常喜欢。其实暗恋也很快乐，至少不会毫无选择，悲伤的角色，我不太适合。说得太像我了，都说人的第一段恋情差不多都是从暗恋开始的，只是我的暗恋比较晚，在别人都可以牵着自己的女朋友逛大街，为她们挑选漂亮衣服，一起商量假期要干吗干吗的时候，我却只能看着程晨提着行李箱踏上回家的长途汽车。

“靳海阔，我和你喝一杯，你喝不了就喝一口，我干了！”

大康，就冲着你这份执着，我靳海阔也干了！

人生不应该这么伤感的，这不符合我的风格。

第二天我早早就起来了，骑着单车出现在程晨宿舍的楼下。一分一秒过去了，我看着女生宿舍门前那些等自己女朋友的男生纷纷离去，最后只剩下我一个人傻傻地站在那里。没事就哼哼小曲，或者傻笑也好，见到熟悉的人，总是被问：“等你女朋友啊？”我也只是摇头，“没有，等朋友呢。”

程晨是九点左右下的楼，提着大包小包的东西，还拖着一个箱子，好像要去很远很远的地方。

“程晨！”这次是我先叫了她。

“靳海阔，你怎么来了？”

“超人过来看看你有需要帮助的没，犯傻了没，哈哈。”

“什么嘛！”

“事实是，你果然犯傻了，别人不知道还以为你要出国呢，不就是回家过个年嘛。”

“女生东西是有这么多嘛，和你们男生说不清楚的。”

“上车吧。”

“啊？这么多东西，怎么坐啊？”

“大包放我前面，小包你抱着，行李箱，我拖着。”

“你怎么骑车啊？”

“相信超人的技术哦。”

很小的时候，我和邻家的孩子比谁的自行车技艺高超，看着他们骑着单车飞奔在纵横交错的道路上时，我第一个放开了双手，那时候我就懂得英雄主义和荣耀，但就在大家都目瞪口呆地看着我，准备拍手的时候，我整个人摔到了路边的臭水沟里。那天回去被奶奶狠狠地骂了一顿，不过不是骂我把衣服弄脏了，那不是她会说的话，她说：“出去给我骑会了再回来，丢人现眼！”

于是那一夜我就一直在平稳的广场上学着放手骑单车，月亮慢慢爬了上来，散步的人们都渐渐离去了，跳舞的老人们都开始收拾录音机了，我还锲而不舍地骑着。当我摔得遍体鳞伤的时候，抬头就看见了奶奶，她叼着一根烟，盘着腿坐在广场的大榕树下。奶奶什么话也没说，我知道她不是来叫我回家的，不过有压力才有动力，方才过往行人那么多看着我摔倒，我都不觉得尴尬，倒是奶奶一来，我就如芒在背，起身就骑上单车。很神奇的是，我很快就适应了，没有双手也可以蹬得很顺，奶奶慢慢走过来，“行了，回家吧，你想饿死老太太我啊，这么慢，一点没遗传到你死老爸骑车的能力。”

“真的行吗？”程晨靠在我的后背上，“安全第一啊。”

"不知道，我没试过……"

"不是吧，啊，靳海阔，我担心会出人命的！"

"先试试再说吧，哈哈……"

我开始蹬我的单车了，一手拉着行李箱，程晨紧紧地靠着我的后背，我估计她不敢睁开眼睛，寒风就这样灌进我衣服，程晨戴着的绒线帽两边的假辫子被吹了起来，她像坐过山车一样大叫："啊……啊……"引人侧目，但我心里却像喝了蜂蜜一样，跟着她一起叫："啊……啊……"

程晨你知道吗，这样的感觉好极了，当我和你一起发疯的时候，永远是我最快乐的时候，好像全世界只有我们两个人，哪怕所有的人嗤之以鼻，我都不在乎。但是，如果此时此刻，你能睁开眼看着这个快速向后消逝的世界就好了，你一定会觉得自己就要飞起来了。

因为冬季的原因，天空中没有遮蔽的树叶，一切都看起来有些萧条，可是我的心里就像遇见了春天盛开的百合一样，如果有相机能够拍下我心中的景色，那一定是一幅绝伦的艺术品。

我的单车就在我们的尖叫声和路人鄙视的眼光中抵达了长途汽车站。程晨吓出了一身冷汗，我推了推她，她才反应过来，"到了？"

"对啊。"

"啊，啊！靳海阔，吓死我了！"

"不是还活着吗？"

"去死，去死，我感觉我心脏都要停止跳动了。"

"呵，来，东西拿上，我送你进去吧。"

这个时候全是回家的学生族，拥挤的人潮把长途汽车站搞得水泄不通，好不容易买到票，我就把程晨推到汽车上去了。

“靳海阔，你回去吧。”

“嗯，你注意安全。”

我出了汽车站并没有走，而是坐在单车座上，车很快就开出来了，我就这样跟在后面。程晨，我看到你了，你靠在玻璃窗上发呆，但是你没看到我，我就这样傻傻地跟在后面，但是汽车开得太快了，我的单车实在追不上了，就这样，我看着你走了，我奋力地追在后面是因为我怕，我怕这是最后一面。

【程晨】

医生出来的时候告诉我孩子没有大碍，还好赶到医院及时，所以没有烧成肺炎，这些都是Lucky翻译给我听的。孩子正在床上打点滴，守在他身边，摸着他肉肉的小手，就在刚才，看见针头扎进去，他那哇哇大哭的样子就让我心痛。Lucky在旁边安慰着我，但我一句话也听不进去。这个时候，我注意到手机上的短信，是祥森发来的，而我没有勇气告诉他孩子生病了。我让Lucky也回去，麻烦了他一晚上，我也有些不好意思，临走的时候，他带了一盒盒饭给我，然后嘱咐我不要太累。

我着实想一个人安静一下，好好想想这些年我到底干了些什么，作为一名妻子，我有没有对丈夫无微不至，作为一名母亲，我有没有对孩子无比关心，而我自己知道，我就是一个蠢蛋，我什么都不懂，总是依赖着别人，一有问题首先不是想到自己解决，而是找一个可以帮助我的人来帮我。我的那份独立到哪里去了，如果没有他们，我可能什么都不是。魏兰曾经和我说，程晨，你什么都好，就是太依赖别人了，如果有一天你到了一个陌生的地方，没有一个你认识的人，那简直太可怕了。是啊，魏兰说得太对了，如果我孤身一人活在异国他乡，或许我早就死掉了，不，不能说死，我突然想起靳海阔和我说的话。

“程晨。”

“嗯？”

“不要说死好吗？”

“呃？”

“不要一天死啊死的，人的生命是很宝贵的，虽然不长，但只有一次。”

“不是开玩笑吗？”

“别拿死和我开玩笑好吗？”

那是我见过他最严肃的表情，靳海阔说得对，人生如此短暂，我干吗要想到死呢，现在我过得很好，有一个爱我又我爱的人，还有一个完整的家，父母健在，工作稳定，生活在一个花园般美丽的城市，我还有什么不知足的呢，我不过是遇到了我没有遇到过的事情，才乱了阵脚，有了一次就会有经验了，下次只要不犯同样的错误就好了。我开导自己的话如此熟悉，如果没记错，这是靳海阔和我说过的话。

现在医院很安静，安静到我可以放松下来，走廊上只有偶尔传来的医生护士的脚步声，隔壁床铺是一个黄头卷发的小孩子，他爸爸正在一旁给他讲故事。医院不是一个好地方，但是总可以在医院这样的地方体会到亲情的所在。

调整好情绪之后，我决定给祥森发一条信息，我得把我所做的错事都一一向他汇报，最后用撒娇的语气取得他对我的原谅，不管如何，孩子至少现在很好，睡得很香。

就在我在按动键盘的时候，有一条短信跳了进来。

20:13

2010/12/17

发信人　+861376298××××

无助少女？

这是一个陌生号码，但看见“无助少女”四个字的时候，我的心中微微颤抖了一下。或许这个地方太静了，静得我有些害怕，已经很久没有人在我的面前提过这个称呼了，毕业之后，我再也打不通靳海阔的电话，而他身边的人都匆匆离散了，和祥森返校收拾东西准备前往墨尔本的时候，祥森告诉我靳海阔的东西前几天已经打包带走了。

我和祥森结婚前夕，我给靳海阔发了一条信息，那是最后一次和他联络，之后再也没有他的消息。此刻，我突然感觉我的血液有些沸腾。

20:16

2010/12/17

收信人　+861376298××××

靳海阔！是你吗？

时间一点一点地流逝，但是那个号码没有再发信息过来，我起身走向窗台，月光皎洁，月朗星稀。我鼓起勇气按那个号码拨了过去，但是电话那头传来的是无尽的忙音。是谁呢？这个时候，是谁突然像恶作剧一样发条短信给我，是靳海阔吗？很有可能，因为只有他挺喜欢恶作剧的，但是为什么他不接我电话呢？我知道一个女人在丈夫不在身边的时候想另外一个男人是可耻的，但是，想念这样的事情与爱情无关，我很清楚，此时此刻我是很想靳海阔，如果他能够打一个电话过来和我聊聊天，我现在或许会安心很多。

“Madam, would you like to sleep in the hospital with your baby?（夫人，请问你要留在医院陪孩子吗？）”

“Sorry, just one hour. I will take my baby home.（不，一个小时后我就带他回家。）”

不知道现在祥森在干什么，那条信息又是谁发的，我突然觉得好困惑，孩子头顶上的药瓶就要滴完了，今晚我一定要好好休息一下，或许是我太累了，可是，那条信息却确确实实躺在我的手机里。

【海阔】

回家后的第二天我就咳嗽不止了，奶奶在厨房帮我用冰糖煮雪梨，我只感觉到每咳嗽一次都像被人用力拉扯肺一样，胸口一阵疼痛。奶奶围着围裙端着雪梨汤进来的时候，我已经满脸通红了。

“奶奶，我是不是要死了？”

奶奶在我旁边坐下，“瞎说，现在不是好好的吗？赶紧把这个喝了，我回头去给你开中药。”

“嗯。”我一边喝雪梨汤，一边看着奶奶的脸，铺满皱纹的眼角有未干的泪痕，“奶奶，我一直觉得你特别可爱。”

“喝完再说。”

我一口气喝完了雪梨汤，“咳咳……真的，奶奶，咳，你知道吗，哆啦A梦里面有一集，大雄的奶奶快走了，咳，她最大的遗憾就是没看见大雄成亲，奶奶，咳咳，如果我死了，你是不是也遗憾我没成亲啊？”

“一天脑子想些啥呢，再说死，老太婆就把你赶出去！”

“奶奶不会赶我的，哈哈。”

看着我笑，奶奶就难过了，她别过脸，端着碗走出卧室。后来我睡着了，我也不知道到底睡了多久，当一个人咳嗽不止的时候，我觉得睡觉是最有效的，这样就不会难受了。

我是被手机铃声吵醒的，睡眼蒙眬中看见了“程晨”两个字。

“喂，靳海阔啊，你回家了没有啊？”

“嗯，昨天到的。”

“假期好无聊啊，我妈带着我到处跑亲戚家，那些小弟弟小妹妹都和我有代沟，真是不明白现在小孩子的心思。”

“咳咳，呵，挺好的啊，大家一起热闹嘛。”

“你怎么了？”

“感冒了。”

“身体太差了，你看大小姐我几乎没感冒过。”

“你天生丽质嘛。”

“不和你贫了，我妈叫我吃饭了，你吃了吗？”

“几点了？”

“天啊，你在干吗呢？”

“开玩笑的，你去吃吧。”

我听见厨房里奶奶做饭的声音了，香喷喷的饭菜很快就会上桌了，而这个电话之后，我好像吃了灵丹妙药一样，不那么咳嗽了。临近新年了，窗户外面都是孩子玩耍嬉戏的声音，鞭炮声不断，我起身趴在窗台往外看，记得很多年前，我还够不着这个窗台，我就踩着小板凳，把头使劲往外够，我想知道爸爸妈妈什么时候回来，他们会不会突然在楼下对我挥手微笑，在新年的时候给我带很多好吃好玩的东西回来，后来我知道，好吃好玩的没有，只有妈妈寄来的钱和爸爸寄来的照片。

可是今年，钱和照片，都没有了。

我看着镜子里的自己，什么时候胡须已经需要修剪了，我对着镜子里的自己傻傻地笑着，靳海阔，现在你是一个大人了。

我是一个大人了，不能再等着礼物了。

第四章完

第五章　咸鱼

BGM：《咸鱼》——

我没有任何天分

我却有梦的天真

我是傻不是蠢

我将会证明　用我的一生

【程晨】

拉开落地窗窗帘，往外望去，淅沥的雨水润洗着这个仙境一样的城市。我匆匆收了阳台上晾的衣物，进屋的时候，厨房里的水开了，我得帮孩子热牛奶。

今天是周末，我终于可以放松下来，好好照顾孩子，昨夜打完点滴之后，已经退烧了。Lucky刚发了信息过来问候孩子病情是否好转，而这个时候我才想起，昨晚突然闯进的短信打乱了我的思绪，终究没有将编写的那条短信发给祥森。此时此刻，那条短信也变得毫无意义。

我把小米粥端上桌子，打开电视，此刻正在播放早间新闻。我吃了两口却发现实在没有胃口，用手握了握奶瓶，温度差不多了，宝贝睁开眼睛望着我，嘴里还吐着泡泡。

“宝宝，来，喝奶奶……”宝贝噘着嘴，两只手朝我动了动，示意要我抱他。

喂奶的时候，我头脑中还想着昨晚的那条信息，靳海阔那个家伙还没有长大吗，这么长时间了，还那么喜欢和我开玩笑。无敌超人，无助少女，呵呵，想起这两个称呼我就不觉发笑。

我点了点宝贝的鼻子，喂得差不多了，就把他放到沙发上，然后收拾桌子。回头的时候，宝贝居然拿着那张心意卡在玩耍，是前几天我不小心放在那里了吧，我摇摇头，从孩子手里拿过那张卡来。

两个红色的小叉。

我随手把卡放进了我的裤袋里，然后朝孩子笑了笑，“宝宝，乖乖的，妈妈等下陪你玩啊。”

孩子爬到沙发的一头，然后呆呆地望着电视。我得加快速度收拾了，真担心他一个不小心从沙发上摔下来，我可不能再出乱子了，不然我会被祥森骂死的。

好在孩子很乖，一直坐在沙发上望着电视，我收拾好一切后坐到他边上，然后抱着他，他肉肉的小手让我感觉特别可爱。

“妈妈给你讲个故事好不好？”我突然发现我心中有强大的倾诉欲，可是我又不愿将心里这些小情绪告诉给别人，所以，只有说给宝宝听，他是最安全的。

“故事里面有一个无敌超人，还有一个无助少女，名字是不是特别逗？”

“无敌超人，他叫靳海阔。”

“靳海阔！”

三月的春风吹拂着校园里新生的树叶，男生女生都渐渐褪下了冬季里臃肿的装备，提着行李懒散地走在校园里，几个女生成群结队地往校园外走，应该是去接寝室的人或者聚餐。

我到达学校的那天天气很好，万里无云。很巧的是，我走进校园的第一眼就看见了靳海阔，他穿着蓝白相间的条纹毛衣，背着黑色的大包向前走，虽然只是瞥见了他的背影，但看见他走路的姿势和略带痞气的样子，我就知道那是他。

他应该听出了我的声音，回头就是招牌式的微笑，“唷，这不是无助少女吗？”

“等等我……”我承认我的东西实在太多了，不仅把带回去的所有东西原封不动地带回来了，还多了几包东西，靳海阔做了一个滑稽的表情，“旅游一趟，带这么多特产啊？”

“赶紧帮我拿一点，魏兰她们都还没到学校，那几个丫头太恋家了，都舍不得走，我怎么就这么想回学校呢？”

“天啊，你这里面都是什么啊？这么沉！”

“女生包里的东西怎么能随便问呢！”

“……”

我和靳海阔慢慢走在学院路上，虽然只是一个月没有在学校，但一种久违的感觉却油然而生。一个假期之后，我发现靳海阔比之前瘦了，我笃定他肯定是在家熬夜贪睡省掉早餐的那种人，但是不变的依旧是他的笑容还有说话的语气。

“这学期有什么打算没有啊？无——敌——超——人——”应和刚才他对我的称呼，我故意把这四个字拖长。

他斜眼望了望天，“如果我没记错的话，这学期好像要过四级了吧。”

我感觉我像吃饭的时候嚼到了一块石头，“天啊，四级！”这对于我来说，无疑是一道晴天霹雳，老天爷都知道我所有学科里面最担心的就是英语，虽然高考的时候勉强及格，但是要我过四级英语，我连死的心都有了。

“女生的英语不是应该都很好的吗？”靳海阔的语气像是在揶揄我。

“我……我没说我英语不好啊。”

“那担心什么，看你大惊小怪的样子，哎，超人老了经不住吓的。”

“不说这个了，上学期期末要求报体育选修，你报的什么啊？”

“篮球。”

“没创意。”

“你呢？钢管舞吗？”

“你怎么不去死……”

“不是啊，我觉得挺有创意的，哈哈。”

“体育舞蹈，东西还给我，一来就被你气死了。”真受不了靳海阔那张嘴，其实也不是生气，是因为确实到了宿舍楼下了。

上楼的时候，靳海阔说：“据我所知，篮球和体育舞蹈是在一个地方上课。”

就这样，我的新学期正式开始了。在魏兰她们回来之前，我已经收拾好了我的小桌子，然后到校门口买了两盆盆栽放在阳台上，天气已经开始回暖了，沐浴在春日的阳光中，我伸了一个懒腰，然后躺在靠背椅上睡了过去。等我醒来的时候，魏兰和乔爽已经到了，魏兰回家之后把头发留长了，这下突然由男人婆向小女人进化了，乔爽把头发染成了亚麻色，一时间，我觉得她们都比之前大了一点点。魏兰看见我醒了，马上从包里拿出几个苹果来，“程晨，赶紧帮我把包里的东西吃了。”

“怎么了？”

“从今天开始，我宣布我要减肥！”

“你受刺激了吗？”

“吃你的东西吧！”

我们的小家又开始热闹起来了，到卢菲菲进寝室的时候，被我们温馨的气氛深深感染了，她深深地给了我们每个人一个拥抱，“魏兰，程晨，乔爽，我好想你们啊……”

其实我这三个室友挺好的，真的。

可人生总不是一帆风顺的，放晴的日子到开学后一个星期就截止了，因为前几天温度骤升，使得我已经拿出了柜子里的凉席，清洗干净之后铺到了床上，却在没有享受几天的情况下，温度瞬间骤降，魏兰甚至从箱子里拿出了唯一一件棉袄，三月的天气突然降到只有几度的温度，我们都感觉又回到了考试前的那个冬季。

“靳海阔……”

“呃？”

“这个鬼天气实在太讨厌了，阿……嚏，我都感冒了。”

“撒花庆祝下，看来你也会生病的嘛。”

“没见过你这么幸灾乐祸的。”

“这叫说破知道吗，多说说，你就不会生病了。”

“迷信！”

“哈，那你慢慢养病吧。”

“讨厌你，拜拜！”

一个小时后。靳海阔的电话打了过来，我把手机扔给了魏兰，“帮我接，说我洗澡去了。”

“耍小孩子脾气啊？”

“气气他。”

魏兰拿着电话转过身，“噢，好的。”她又把电话递了过来。

“啊，不是叫你说我洗澡去了吗？”

“他说他在楼下等你，没带伞。”

“他故意的！”

我还是趿着拖鞋冲下了楼，一个身体不好的人，还要什么帅，真是一个不自量力的家伙，我一边暗骂一边跑到楼下。见我下楼，他就不觉笑了起来，那笑容真让人讨厌，但是，又总让人生不起气来。

“给你。”他递过来几个盒子。

“什么？”

“感冒药，拿去吧，特效的。”

“不要！”

“那好吧，我走了。”

“喂，给我吧，干吗不打伞啊？”

“我们寝室只有一把伞，大康出去买日用品拿走了，所以……”

“你不知道等等吗？”

“不是等了一个小时了吗，见他还没回来，行了，拿着吧。”

“好了好了，这把伞送你，赶紧回去吧，别被我传染了，你身体那么差。”

“嗯，还有个东西给你。”

“什么？”

他从口袋里拿出一个像玩偶的东西，然后放在我手上，“这是什么啊？”

“没看过一休哥吗？这是放晴娘，挂在阳台上，许个愿，明天就天晴了。”

“迷信！”

“哈，我就是迷信啊，嘻嘻，我先走了，谢谢你的伞。”

虽然我一直强调靳海阔迷信，但是回到寝室后，我还是把他送的晴天娃娃挂在了阳台的晾衣绳上，看起来那么拙劣的玩偶，却突然间让我感觉到无比温暖。我双手合十面对它，“但愿明天天晴吧……”

那一夜，我时不时地够头出去看看那个面带笑容的晴天娃娃，那个笑容，简直和靳海阔一个模子刻出来的，太像了。

果然太像了。

【祥森】

高中入学后不久，校门口就开了炸酱面店，那段时间，每天晚自习前的晚餐时间，徐佳都拉着我光顾那家小店。小店的老板人很好，每次看见我们来，都会多给我们加点肉酱。徐佳喜欢快速吃完自己碗里的，然后来抢我碗里的面，老板总是调侃我们两个说：“看着你们啊，我就像看到了当年的我和我老婆。”

徐佳冲着我吐舌头，然后说：“不准胡想，老板开玩笑呢。”

我总是被徐佳这样的表情逗笑，或许我应该点一下她的鼻子，或者摸摸她的头，或者从她碗里抢一点面过来，但是通常我什么都不做，只是任她胡闹，然后继续沉默地吃面。

“张祥森同学，有时候你很闷，你知道吗？”

“嗯，然后呢？”

“我挺喜欢的。”

为什么会想起这段回忆呢，大概是此刻回家的途中路过这家小店吧，我像以前一样点了一碗炸酱面，老板突然认出了我，“你是……以前常常来吃面的那个同学吧。”

我笑着点了点头，我以为我现在西装革履，比过去高了一个脑袋，他已经不认识我了。

“记得以前你总是和你女朋友一起来的……”我依旧只是笑，老板仿佛看出点什么，“那你先坐，等会儿就来。”

看着眼前热腾腾的炸酱面，我的对面仿佛坐着那个女孩。不过现在，没有人会用她的筷子来抢我碗里的面，也不会动不动就嘟着嘴和我耍小脾气，更没有什么约定和誓言。

我承认我是故意的，在我做出回国的决定时，就是想回来好好缅怀一下我的青春，好好追忆一下那个已经不见却曾是我最爱的女孩子。而这些对于已婚的我，想来实在是一件错事。

“如果可以，放假之后我们去海南吧，鼓浪屿也可以，或者青岛，总之，我想去看一看海。”

“再说吧，现在还没高考呢，就想着考试后的事情。”

“现在就决定好，我怕你到时候反悔了。”

“去海南吧。”

“太好了，我就知道你会答应的。”

回家后的几天夜里，我始终处于半失眠的状态，辗转反侧之间，也不清楚自己到底睡着没有。头脑里总是涌现出很多过去的事情，我真想迁墓的事情早点解决完，然后回去。失眠实在不是好受的，早上睁开眼就会感觉到头痛欲裂。起身坐在床头，看着微风吹拂着窗帘。

我的房间在这四年里没有丝毫的变化，书柜里的书都按照我之前的顺序放着，写字台上的笔和纸都保持着四年前的姿态，橱柜里还有大学时候的证书和奖杯，不过比较搞笑的是，在众多一等奖的奖状和证书横躺在橱柜里的情况下，我只注意到那张二等奖的证书，那是我唯一一次获得二等奖。

大一下学期开学不久，各式各样的活动接踵而至。在我不知情的情况下，班长已经将我的名字纳入了“普通话演讲比赛”的名单里，下课的时候突然走到我桌前，说：“张祥森，普通话比赛我帮你报名了，你不会不参加吧？”其实我不喜欢别人擅作主张为我拿定主意，即使要参加也应该是我自己报名，但是我实在是无心与人起冲突，淡然地没有回答，只是点了点头。

不久之后，公开的名单上看见我名字放在第一位，而另外一个名字引起了我的注意，那便是靳海阔。

我实在想不到，像靳海阔这样的人原本应该对学校的大小活动毫无兴趣的，居然也报名了，这实在不像他的性格。

回寝室的楼道间遇见了他，他还是微笑着和我挥手，我却因为好奇开了口，“你也参加普通话比赛了？”

“玩玩嘛，到大学了都没有参加过任何活动，说起来也是挺惭愧的。”

“嗯，只是觉得，不大像你的风格。”

“那我是啥风格啊，我自己都不清楚啊。何况像你这样的强人也参加了，我实在是没有什么胜算啊，所以说到底，就是玩玩。”

“不要把自己说得那么不堪，我也没有什么强大的，总之，好好准备，加油吧。”

如果这番话发生在我与另外一个人之间，对方一定会觉得我是在给他下马威，或者是假惺惺的问候，一副盛气凌人的样子着实招人讨厌，但是和靳海阔不同，我的直觉告诉我，他不是会在背后议论别人，心里有想法却表面上佯装应和的人，因为他的微笑，总是让我看到生活的阳光。

比赛并没有给我们太多准备的时间，预赛定在当周周六，突然刮起了很大的风，连绵不断的小雨几乎要酥麻人的骨头。怎么看都不像四月的天气，大部分学生走在路上还感觉到浑身哆嗦，清晨起来的时候，好像回到了严冬，一旦没有毅力起身，就很快地睡下去。我起来的时候接到班长的电话，嘈杂的雨声减弱了电话那头的声音，“今天下午去逸夫楼522教室预选，千万别迟到了。”

大概快到中午的样子，雨渐渐停了，我拿着伞下楼，准备去食堂提前吃午餐。刚刚到达食堂门口，就看见了停在附近的采血车，接着顺势看见了帐篷下面正在登记的程晨。我收好伞准备进食堂，程晨却因此发现了我。

“张祥森，张祥森……”

我是打算装作没听见，继续往食堂走，但是程晨很快就加大了分贝，我身边的人都朝着那个方向望了过去，于是我还是机械地扭过了头，“嗯……”

程晨朝我招手，但是我一点也不想挪动步子，程晨总是让我做一些迫于无奈的事情。

“献血吗？”

“嗯，其实挺害怕的，但是昨天和寝室的人约好了，一起来献血的，被说着如果大学没有献过一次血，是不完整的。”说着指了指旁边登记的同寝室的人。

“哦。”

“你去吃饭吗？”

“是的。”

“好啦好啦，我就是想和你打个招呼，我要去献血了，你去吃饭吧。”

“嗯。”

“等下，我刚才查出来是A型血，你是什么血型？”

“AB型。”

“噢，果然很准啊，那你先去吃吧，拜拜。”

虽然至今不知道当时程晨所指的是什么，但是在那个时候，的确勾不起我丝毫兴趣，但是对于程晨这样的女生，必定是乌龙事件的始作俑者，就在我刚刚吞下一口米饭的时候，她们寝室的一个女生横冲直闯地进来了，然后拉着我的手：“赶紧，程晨晕倒了……”我还没有反应过来怎么回事，已经被那个女生拉到了现场，程晨脸色苍白地躺在座位上，那个胖乎乎的女生掐着我的手，“你赶紧给她人工呼吸吧。”

在我看来，怎么都像是一场恶作剧，在场抽血的医生护士都在，完全没有必要把我拉过来，而且要求太过分，我没有必要搭理。但是看着程晨苍白的脸，又不像是假装的。

护士已经在用力挤压氧气袋，而我只想转身离开。

“喂，你果真是个冷血的家伙啊，见死不救！”

“你们早该听说过。”

“天啊，程晨真是看错你了。”

“看错我？本就没有打算她会喜欢我啊。”

“那你收了情书却没有给予任何回复，拒绝或者同意都好，把事情悬在那里，然后又让别人抱有幻想，你这样的人不是太可恶了吗？”

“随你们怎么说。”而这时候，我看到了程晨眼角的泪珠，此地不宜久留是我唯一的想法，“她快醒了，就你们所言吧，如果她醒了，帮我告诉她，我拒绝她了，谢谢。”

“你个王八蛋！”

我不在乎后面的女生怎么骂我，或者已经把我家里人都骂了一遍，这些对于我来说，早已司空见惯，充耳不闻即可。可是，刚才程晨眼角的泪珠突然让我有些难过，但是我不敢再想。身后突然传来跌跌撞撞的脚步声，由远及近。

“张祥森……”

背后有人拍了我的肩膀，转头看见程晨那毫无血色的脸，笑中带泪地看着我，“实在不好意思，刚才寝室那群人说的话，你就忘了吧，我知道我没什么值得你喜欢的地方，像你这样光芒夺人的家伙，追你的女生从南门排到东门，我算得上什么呢？只是，我想，当时给你那封情书之后，你没有及时回复我，或许我还有希望，现在看来，不过是你太忙了，或者完全不屑回复吧。这些日子对你造成了困扰，对不起……”

“没什么……”我居然犹豫了，我自己也不清楚为什么看见程晨哭泣的时候，内心也有微微的难过，是因为她哭的时候还勉强撑起的微笑吗？我们两个人站得那么近，就好像我可以听见她心脏裂开的声音，明明痛得可以大哭一场，但是她却拼命撑着微笑说完最后一句话。

“那，不好意思，我先走了，她们还在等我。”

“嗯。”

其实那时候我已经看见了他，他就在不远处看着我和程晨，但是他没有走过来，也没有跟着程晨离开，而是站在那棵参天大树下，远远地看着我。我们就这样遥遥对视着，约莫五分钟，他冲我笑笑，然后慢慢离开。他那一抹笑真是意味深长，笑到我居然有些内疚，有些尴尬，有些不知所措。

下午的预赛在逸夫楼522教室，是一间可以容纳两个班级人数的大教室。所有人都被负责人安排站在走廊上，根据名单的顺序，点到一个人进去一个，预赛是朗读，不要求脱稿，当然脱稿可以加分，但若失败就得不偿失。我到达的时候，人已经很多了，可我没有看到靳海阔。外面又开始下大雨了，而且簌簌的风声贯穿其中。我首先进去念完了我的稿子，虽然思绪有点混乱，但还是一字不错地念完了，接着人一个一个进去，两三分钟就换下一个人，不知道靳海阔干什么去了，眼看着就要轮到他了。

“靳海阔……”点名的学生以为自己念错了，又看了一眼名单，“靳海阔……没来吗？”

“雨太大了，在路上耽搁了，能帮忙先调到后面去，让下一位先上吗？”好在负责人不是什么难对付的家伙，点了点头，叫了下一位。而奇怪的是我自己，我也不清楚为什么要去帮靳海阔解释，还帮忙拖延时间。

头脑中想着或许靳海阔是真的弃权了，走廊上等待的人越来越少，眼看着留给他最后的机会也要失去的时候，靳海阔喘着粗气赶到了现场。

他走过来便看见我，笑着问：“是不是已经没有机会了？”

“工作人员把你的名字调到后面去了，你来得真及时。”

“中途想放弃了。”

“怎么的？”

“一时间不怎么想玩了，不过后来想通了。”

“呃？”

“不玩了，正式当作比赛来看待吧，所以，张祥森，我会使出全力的，你等着吧。”

靳海阔拍了拍我的肩膀，然后听到负责人叫他的名字，他淡然地走向教室里面，一副胸有成竹的样子，“不管怎样，谢谢你留在这里等我。”

靳海阔突然给了我前所未有的压力，这太不应该了，不过刚才的那番话很明显是在向自己下战书。这时我想起了早上的那一幕，靳海阔站在大树下看我的眼神，我总算是明白了。不过在我看来，压力是为了增添游戏的乐趣，所以，我笑了。

【海阔】

那段日子——我指我和程晨单独相处的那段日子，在程晨还没有遭到张祥森拒绝的那段日子，说来便是自己还沉湎其中，独自享受着所谓的甜蜜快乐的日子，其实仅仅只是一个假象。

当我站在那棵大树下，看着程晨含着泪微笑离开的时候，我只知道我的心里很难过。从小到大，第一次会为一个女生难过。不过我是绝对没有办法像烂俗电视剧里上演的桥段一样，跑过去抱住伤心的程晨，然后趁她失恋的时候看到我的关心。我只是遥遥望着她奔跑离开，然后张祥森就看见了我，原本这个时候，我是要走的，但与张祥森目光撞击的那一刹那，我突然停住了脚步。此时此刻，我没有任何动怒的表情，只是笑，这是我唯一的表情。

张祥森，你是万人敬仰的王子，你是光芒四射的少爷，你是面面俱到的优等生，但是，我靳海阔是无敌超人，哈哈，就让我自诩一下吧，我虽然敌不过你的万人敬仰，你的光芒四射，你的面面俱到，但是我有我的激情，和我像咸鱼一样的性格。像五月天唱的，我就是咸鱼，翻身了还是咸鱼，但是到最后，我还有咸鱼不腐烂的自尊。所以，在我和你笑的这一刻，我决定这次比赛不只是玩玩了。

我并不是要证明给程晨看，我也可以比你强，让她可以喜欢上我，我甚至没有想过要因为一场比赛抢过你头顶的光环，我只是想为我此刻的难过找一个发泄的方式，不管我输我赢，我就是和你杠上了。

一整个下午，外面都下着雨。我拿着稿子对着镜子念了一遍又一遍，眼看着时间就要到了，我还是读着读着就卡住了，依照现在这个状态，根本不可能进入复赛，大康他们听着我一遍一遍重复着稿子上那一千字的文章就难受地朝我扔枕头，我想，如果实在不行，就放弃算了，没有那个金刚钻，也揽不了这瓷器活儿，可是，就是不想放弃。

时间已经到了，我知道已经没有什么机会了，苦笑着看着镜子里的自己，还是那一抹笑，不管遇到什么，只有这个笑容愿意陪着自己。

“怎么不念了？”大康探出头来看着我，我耸耸肩坐到床上。

“哎，没那天分，说到底就是自己逞强。”

蚊子突然开口，“这可不像你靳海阔的风格。”

“其实我就没什么风格。”我又朝他们笑了笑。

“你有，你的风格就是不管遇到什么困难，首先想到的，不是放弃，而是面对，即使没有办法解决，也要死撑到底，所以这一次，不像你。”

我终于相信别人更能看透你是什么意思，就如蚊子所说，放弃不是我的风格，太悲观的念头我不想，太伤感的事情我不做，我靳海阔就是永不腐烂的咸鱼。我拿起稿子，“不过，就算我不放弃，时间到了，也没办法啊。”

大康翻了个身，“距离开场到现在也没多久，说不定那边会等你。”

我得谢谢大康的笃定，更谢谢这场风雨为我找到合适的借口，在我到达逸夫楼522的时候，我看到了张祥森，我有一个念头，是他给了我机会，我是一个知恩图报的人，所以，我得谢谢他，但我知道他是一个爱面子的人，所以我改了感谢的方式。

我站在讲台上，突然放松下来了，或许是我跑得太累，停下来之后深深地吐了一口气，我选择的是林清玄的散文，我深深感觉到，此刻的状态和之前在寝室嘈杂不安的心境是两回事，从我念第一个字开始，我就顺着文章读到了最后，奇迹般地没有错一个字。

我知道我的运气一直不太好，但是老天爷也有眷顾我的时候。比如第二天，我看到公告栏放榜的名单里有我的名字时，我心里突然就笑了。

唯一遗憾的是，我没有接到程晨的祝福。我已经很长一段时间没有看见过她了，有时候我想，或许我只能算作她一个普通朋友，普通到只有需要我的时候才会联系我，而她的事情，烦恼或者快乐，都不会告诉我，而我的烦恼与快乐，她也不会关心，所以仅仅只是普通朋友。

但我却死皮赖脸地给程晨打了一个电话过去，其实我不是去报喜的，而是想知道她这段时间到底怎么了。

“喂，呼叫一下无助少女……”

“不好意思，我是她室友，她出去了，没带手机。”

“噢，知道她去哪里了吗？”

“不知道，这两天她心情不太好，都没怎么待在寝室。”

“谢谢你。”

对于这样的结果，心中洋溢的快乐都渐渐被清空，我拿着书本走在爱莲湖边的灵犀桥上，实在不知道该去哪里。谈不上失魂落魄，但确实无精打采，我有时候喜欢在心里求老天爷这样那样的事情，有时候也都能灵验，或许老天爷觉得，靳海阔，你反正是一个要死的人了，不如就满足你小小的愿望吧，于是此时此刻，我在心里悄悄想，老天爷，你能再一次眷顾我吗？让我一抬头就能看见程晨。

“靳海阔！”听见这熟悉的喊叫，我是不是应该谢谢老天爷呢？

“程晨。”

“居然在灵犀桥碰见你……”笑容在她脸上淡淡地漾开，似乎比昨天的心情好了很多，“不过你在这儿干吗呢？”

“顺道路过……”

“这样啊，要不一起走走聊聊天吧。”

“好啊。”

安静的夜里，淅沥的小雨落在平静的爱莲湖上，程晨收起了自己的伞，钻进我的伞里，两个人并排走着，我感觉到自己的心跳比平常要快，手与手相碰的时候，就像触动了开关，脸也刷地一下红了。程晨轻轻地叹了一口气，然后说：“靳海阔，我想放弃了……”

“呃……”

“恋爱什么的，好像和我绝缘一样。何况，像张祥森这样的人，根本就不会喜欢任何人。”

“程晨……”

“嗯？”

“我……”我要说什么呢？心里有无数想法涌动，但是欲言又止。

“呃……”

“我……我进了普通话比赛的决赛！厉害吧……”

“恭喜啊，进了比赛你还一脸惆怅的，这么开心的事儿，不如……请喝奶茶吧！”

程晨，看见你笑，世界就亮了，我的心也暖暖的，就这一分钟，让我说点矫情的话，我知道爱情这东西不是神话，而是童话，就像是简简单单的两个人站在一起，彼此心中就能感受到强大的共鸣，可惜，我这不是爱情，所以能感受到强大共鸣的就只有我一个人，但那也就够了。所以，只要你笑，什么都好，请奶茶，请吃饭，请你看电影都行。

“靳海阔，有时候我觉得你挺好的。”

“嗯，那是，我是超人嘛。”

“你啊，就整天超人超人的，不了解你的人嘛，肯定觉得你幼稚，不过你的朋友应该都和我一样，觉得很安心吧。只是很奇怪，怎么都不找女朋友呢？”

“很简单的答案，没人爱啊，看我多可怜。”

“又开始胡扯了！”

程晨，你问这个问题的时候我应该怎么回答呢？和你在一起就是我最好的日子，好比现在，我们坐在奶茶店，你喝烧仙草，我吃双皮奶，你动不动就大吼一声我的名字，叫我正经一点，然后又咯咯笑个不停。我希望你是真的快乐，而不是为了隐藏内心的悲痛而故意笑给我看，让我别担心。

“靳海阔，其实我挺难受的，一开始根本没有想过会真的那么喜欢，只是想能够看见他，偶尔和他说说话，遇见时候能够聊聊天就好。但是，是我不讨人喜欢吧，张祥森总是觉得我缠着他，好像我特别不要脸，可是我真的没有……那天听见他说得那么轻松，拒绝一个人永远可以那么轻松的，但是被拒绝的那个人肯定是付出了很多心思的啊，世界真不公平……”

程晨，听着你说这些话的时候，我根本不知道怎么回答，或许是我一早预料到类似的结果，所以我才把感情都埋在心底，不想向你诉说吧，我真担心自己有一天没有机会看见你，偶尔和你说说话，或者遇见的时候能够聊聊天，我是担心老天爷还没带走我之前，我就失去了你，说到底，超人也是有软肋的，超人也不是无坚不摧的，世界本来就是不公平的，要不然怎么会有人腰缠万贯，有人食不果腹，有人幸福美满，有人妻离子散呢，但是，我们都不能去埋怨老天爷，因为他还是会眷顾我们的，就像在我要离开人世前，遇见了你，而你悲伤的时候，不是还有我吗？

“哎，好了，不想了，也没什么大不了的，不就是失恋吗。你比赛什么时候？我去帮你加油！”

“下周三。”

比赛举行的那天，蚊子把他那套舍不得穿的黑色西装借给了我，看着镜子里的自己，一身痞气犹在，怎么看都像是道貌岸然的伪君子。我冲着大康笑，大康说：“这身衣服都被你给糟蹋了。”我朝大康咧嘴笑笑，再看了看镜子里的自己，一时间，我发现男人遇到西装，就像是遇到了新娘，总是一副人逢喜事精神爽的快活劲儿，整个人都不一样了。

万事俱备，只欠东风，而我确实又一次与倒霉星遇上了。

看着张祥森站在台上，心态沉稳且声情并茂地演讲完自己的作品时，我也被他深深吸引了，其实我觉得程晨没错，假若我也是一个女生，在面对这样一个优秀的男生时，情不自禁是情理之中的事情。我回头看着座位上的程晨，没有和其他女生一样鼓掌，而是静静地看着台上的张祥森，眼神中带着复杂不清的情愫。

参赛者一个一个上台，时间很快就过去了，而当我准备上台的时候，我才发现我穿着一双运动鞋。当西装遇到运动鞋，我除了苦笑还能什么呢？更重要的是，我刚刚上台，居然踢到了台阶，一个踉跄差点摔倒，台下瞬间涌起海浪一样的笑声，但程晨的眼神却告诉我，她在担心，这就够了，其他的我不在乎。

老天估计在眷顾我吧，决赛的题目居然是“我的梦想”，想起中考考高中那会儿，我还因为把“理想”和“梦想”搞混导致差点进了三流学校，而现在，这题目再一次回到了我身边。

我依旧是对所有人笑，这是我的习惯，然后，我要开始我的演讲了。

“我的梦想，我的梦想是做一名风流倜傥的男人。”

我刚刚说完，台下就涌起了嘲笑声和口哨声，当然还有鼓掌声，我明白有些人是发出不屑的藐视，有的人是敬畏我的勇气，有的人是笑我演讲的内容，但不管怎么样，我依旧笑着。

“这是我的梦想，虽然听起来多么低俗，甚至没有一点营养，但这就是我的梦想。我知道，在座的各位男生也有类似的梦想，只是你缺少我的这一份勇气站在讲台上。一个人活在这个世上，掐指一算，不及一个世纪，如果遇到意外或者病变，或许你就要提前离开，我不是一个有伟大理想的人，只是一个活在大千世界里默默无闻的一人，我不能像贾宝玉那样拥有数不清的好妹妹，也不能像韦小宝一样娶七个老婆，更没有办法和唐伯虎一样赢得当地少女的万千宠爱，我长得不帅，也没有才华，正因为我一无所有，所以我才有这个梦想。

都说，梦想与现实的距离就是无法实现这条鸿沟，所以，我的胡诌只能成为我的梦想。我想做一个风流倜傥的男人，拥有一份属于我的爱情，一个爱我的人，并且是我爱的人。我成不了这样的人，便没有拥有这样的爱情，我为我的梦想而悲伤。

都说，人最害怕别人知道他在乎什么，对于在乎的东西就要表现得越不在乎，但是我不，我在乎的，我就要表现出来，表达出来，这样我才感觉自己活得足够真实。

我成不了风流倜傥的男人，却甘心做一条咸鱼，我不期待有一天会翻身，但我知道我有不腐烂的自尊。谢谢大家。”

我没有想到有一天我能够站在讲台上说出这番话，但是我做到了，程晨，这是你给我的勇气，你知道吗？看见你坐在台下和那些产生共鸣的人一起鼓掌的时候，我差一点笑着哭了出来，如果有一天我能够站在台上仅为你一个人演讲，我会说，程晨，其实我喜欢你，我最在乎的，就是你。

第五章完

第六章 温柔

BGM：《温柔》——

没有关系 你的世界

就让你拥有

不打扰 是我的温柔

【海阔】

转眼间已是初夏，阴雨绵绵的四月终于在某个阳光普照的下午宣布结束。

校园的初夏总是有些伤感，翠绿而肃静，悠扬的民谣回荡在空中，大四的学长学姐开始准备收拾行装离开学校，这样的时节总让人有些伤感。

深夜时分，躺在床上，还能听见楼上要毕业的学长在阳台上借着醉酒引吭高歌，大康说："不知道我们毕业的时候是啥样。"蚊子不以为意地继续听着歌，大一下学期来之后，蚊子和大康都带了电脑来，当然，别的寝室也不例外，如果不清楚这是男生寝室的人，走上楼一看，俨然是一个起居室式网吧。

我转身看手机，差不多是时候了，我知道接下来要发生什么。时间刚刚越过十一点，黑暗瞬间降临。我马上听到整栋男生寝室撕心裂肺的吼叫。

"啊！妈的，今天居然提前一分钟断电，我的电脑还没关！"

"有毛病啊，该死的！"

"喂，我还在洗澡呢，靠……"

每到这个时候我都忍不住偷笑，像我这样没有电脑的人总是早早溜到厕所去洗完澡爬上床，但像蚊子这样与女友聊天到断电前，或许还没来得及告别就被学校无情地切断红线的人，难免会朝着天花板大吼几声。我没有什么可以抱怨的，偶尔只是笑笑别人，然后对着手机发呆。

大康一群人开始摸黑在水槽洗漱，然后听见蚊子一边刷牙一边嘟哝着接女友打来的电话，大康问：“靳海阔，睡了吗？”我不想说话，只是摇头。大康接着说：“自从上次你得了那个一等奖之后，整个人好像都怪怪的……”

怪吗？或许有一点，我的头脑中还回响着当时台下那海浪一般的掌声，以及程晨喜悦的目光，我深深记得在我念完稿子向大家鞠躬的时候，程晨突然站了起来，然后拿出她高分贝的呐喊声，“靳海阔，你是无敌的！”我先是一愣，然后傻乎乎地笑了，接着评委席议论纷纷后给予了一个前所未有的高分，吓到的不单单是我一个人。

记忆异常清晰，那场比赛的零星的片段，我还听到有人在下面大喊：“靳海阔，你是我们男人的典范，道出了我们的心声！”其实在我演讲完我的稿子后，我整个人都处于意识游离的状态，我自己到底在做什么呢，为什么会出现在这个讲台上，为什么会一口气把我内心长久无法说出的话都一泄而出，我甚至没有想过可以达到这样的效果。但更让我难以释怀的是，虽然我的话看似豪言壮语，其实自己却根本做不到那样的洒脱。

再后来，我和张祥森并肩站在领奖台上，接过证书的时候，目光呆滞，甚至不知所措。然后评委老师和我握手的时候还说：“今天我算是认识了你了，靳海阔。”获奖的音乐盖过我的头顶，再接下来，人潮离散，程晨慢慢走到我的面前，说：“无敌超人，你真的无敌了！”而我瞥到张祥森稍显失落的目光，居然没有丝毫的兴奋感，反而有些小小的内疚，可是我想不到我居然鬼使神差地叫住了他。

“张祥森……”

“嗯？”

“等下一起去喝奶茶庆祝吧！”

他回头看我的那一眼，深邃的目光与我猛烈地相撞，然后我才注意到旁边程晨稍显苦涩的笑。

“算……”大概是想拒绝，却被程晨先截断了话，“去吧，一二名一起庆祝一下，是值得高兴的事情啊！”

“那……好吧。”

然后，我在想，我的人生除了乌龙的戏剧还能干点别的吗?

“靳海阔，张祥森，来！干杯！恭喜你们啊……”谁也想不到第一个说话的人是程晨，她举起手上的烧仙草，然后笑着看着我们俩。我也笑着举起了杯子，“来来来，大家开心就好。”张祥森迟疑地举起了杯子，然后三个人兴奋地碰杯。

这是多么热闹的一幕啊，本就该开开心心的，但是从程晨的笑容中我体会不到半点快乐，而我自己傻乎乎的应和却显得那么突兀，张祥森的内心肯定波涛澎湃，甚至怀疑这场庆祝是在对他之前的行为进行惩罚，而这一切都是我一手酿成的。此刻，老板很不合时宜地问：“小姑娘，谁是你男朋友啊？”然后整个店里的气氛都冷了下来。

突然程晨说：“喝奶茶实在没意思，不如我们去喝酒吧……”她站起身来，笑着看着我们。

“程晨……”我知道她现在很难受，错的都是我。

“你们去吧，我想我还是先回去了。”张祥森起身拿起外套，准备离开。

“张祥森，你就这么厌恶和我多待一会儿吗？”

“程晨……”我知道她听不见我的声音。

“你怎么想都好，时间不早了，我明天还有课。”张祥森沉着脸走出了奶茶店，老板突然为刚才问那样的问题感到尴尬，自顾自地在清扫桌面。

“程晨……对不起。”

“不要犯傻好不好！你又没有什么错，庆祝是理所当然的，像他那样自私的人，永远把自己放在第一位，旁边的人根本没有错，你为什么要去帮他承担错误呢？”

“我……”

“今天是好日子，不要为了一个不值得我们生气的人扫兴，喝酒去！”

“嗯。”

踏出门的时候，程晨突然想起了什么，回过头去问老板，“老板，你们这里请人吗？”老板还没反应过来，程晨就接着说了下去，“请我吧！”

于是，从那天起，程晨便开始了她大学的打工生涯。

“为什么突然想起打工呢？”实在不明白她的想法。

“因为，可以接触更多的人，然后忘记想忘记的人。没准儿能够在奶茶店遇见心仪的对象，哈哈，很不错的想法吧。”

“嗯，就那么想恋爱吗？”

“是不想让自己难过。”

“怎么说？”

“结束失恋的最佳办法就是开始一段新的恋情，这句话你应该也听说过吧。”

“嗯。”

“靳海阔！”

“啊……在。”

“今天你怎么魂不守舍的，一点都不像平时的你。”

“因为第一次拿了一个奖，从小到大，第一次，实在是……受宠若惊啊。”

“哈哈，原来你胆子这么小啊，一个奖就把你吓到了。”

“是意外，哈哈，意外，我怎么可能被这点小事吓到呢。”

“也是，像你这样脸皮厚的家伙。不过刚才说起恋爱的事情，你呢，就一点没想过？”

“没想。”

“不正常，你和张祥森都不是正常的家伙！”

我们就这样静静地走在学校外的东风大桥上，一人手里拿着一罐啤酒。晚风徐徐，撩动着程晨的发线，洗发水的清香扑鼻而来。

“其实，像你们这样也挺好的。”程晨灌下一口啤酒后开口。

“然后呢？”

“至少不会失恋，也就不会难过，虽然没有亲身去体验，但是能够居身世外，至少就不会泥足深陷。”

那是我们近期以来最后一次交谈。或许正是因为这一番对话，让我内心有了微妙的变化，我不知道为什么，一个假期之后，我们交谈的东西变得伤感起来，即使我喊着“无助少女”，她叫我“无敌超人”的时候，整场对话都变得毫无生气。诗人笔下的四月总是残忍的，于是我深刻体会到，这阴雨绵绵的天气果然不是什么好兆头。即使程晨挂了晴天娃娃，却依旧没有迎来万里晴空，除了一些泄气的想法，什么都没有。

大康所谓的改变大概就是这样，自从程晨去奶茶店打工以后，我便一天窝在寝室没有再去找过她。程晨追求的是一个她爱的人，而我不是，人和最低级的草履虫没有什么区别，趋利避害，但我不是怕受伤，而是不想对程晨造成什么困扰。

长久的沉默中，每天晚上都守着手机等待，期待着某一天电话响起，听见她大声地喊："靳海阔！"

但手机再也没有响过。

每天依旧是和往常一样上课，在教室里看见程晨坐在远处的角落，头发长长地垂下来，一手转着笔，偶尔四目相接，程晨便微微一笑。其实是我故意躲着她，每次都踩点进教室，然后坐在一个距离程晨比较远的地方，下课看着她有走过来的趋势，便找借口上厕所，久而久之，程晨也不过来了。

人总是这样矛盾，明明想靠近，却假装不在意。或许我内心的念头是想看若我不去找她，她会不会想起我，但是没有，手机里没有她询问的短信，也没有打来的电话。有时候和寝室的人路过那家奶茶店，也是匆匆而过，担心她看见我会叫我，但走得越快，越是渴望后面有人叫我的名字，而同样的，一次也没有。

我想或许我和程晨就这样淡了吧，这样也挺好的，她有她的人生，我的寿命也所剩无几了，好在我死之前还拿到一个奖，也算死而无憾了。

但内心深处仿佛有个人问，你真的死而无憾了吗?

直到某天，张祥森突然问我："你喜欢程晨吧？"

【祥森】

从图书馆回寝室的路有很多条，比如从左侧下台阶，沿第二教学楼到第一教学楼的小道回去，当然也可以从右侧沿第三教学楼前的大道经过逸夫楼，穿过篮球场回去，而我却总是喜欢从图书馆的后门走那条幽静的小道，然后路经田径场，再绕回去，当然，这是最远的路程，没有人会选择，所以我才喜欢这样走。

从某天开始，我在别人眼中就是一个特立独行的人，渐渐地，我自己也发现了。

我喜欢星期三下午待在图书馆，因为一楼的自习室旁常常会传来轻快的外文歌。但那天自习室旁的音响坏了，什么也没有。

我把《经济学》的第三章重温了一遍，然后天已经黑了。饥肠辘辘的我拿着书本走出图书馆，却没有直奔食堂，从图书馆的后面往外走，暗绿色的路灯把参天的榕树照得格外清幽。刚刚往上走，就看见了靳海阔。他拿着篮球慢慢地向体育馆走去，我绕道准备从另一条路走，他却看见了我。

"张祥森……"

"嗯。"

"刚刚看完书啊？"

"嗯，准备去吃饭。"

“要不我陪你吧，然后，你陪我打会儿篮球。”

“几点了？”

“破例一次吧。”

我看着靳海阔诚恳地请求，突然在他的眼中捕捉到什么东西，孤单还是寂寞，这不该是靳海阔有的眼神，想来甚至有些荒唐，一个平时嘻嘻哈哈的人，是遇到了什么事情吗？还是，和程晨有关？

“走吧。”

“不吃饭了？”

“偶尔饿一顿，应该也无关紧要吧。”

“哈哈，你还是怕晚上的门禁吧。”

“少啰唆。”

此时已经很晚了，体育馆过了六点就会关门，我看着靳海阔，他说：“你等下……”然后不知道从什么地方拿来了一根铁丝，铁丝的尖端已经被磨损得很厉害了，靳海阔把铁丝插进锁孔，然后很快打开了体育馆的门。

“你……”

“这锁用了不知道多久了，早不行了。”

“这样不大好吧。”在我看来，有一种像小偷的罪恶感。

“像小偷？”

“有点……”

“我们不偷东西，老天爷不会报复我们的。”

“嗯。”

要不是靳海阔邀请，我已经很久没有碰过篮球了，因为一运球就会不自觉地想起徐佳来。还在念高中的时候，徐佳总是坐在篮球场边上看我运球，然后吼着要我教她三步上篮，但是徐佳学东西特别慢，三步总是跨成四步，篮球也触不到筐，最后气得把球扔到一边。

“不玩了！”

“别冲球发脾气。”

“你都不好好教我。”

“该说的都说了，自己动作没有做到位，能怪谁呢？”

“总是这样，明明知道我笨嘛！”

“好了，把球捡过来吧。”

徐佳总是喜欢看我打球，她说每次看见篮球被我轻巧地投入篮筐里时，她总感觉到心跳加快，而那种感觉就跟她和我在一起一样。

“张祥森……走什么神啊？过来啊……”

漆黑一片的体育馆里，月光正好从玻璃天顶照下来，体育馆里，我和靳海阔彼此追赶，忘却了之前的所有事情，整个世界只有篮球和汗水。靳海阔运球很快，绕过我，一下上篮投球，当然我也不差，虽然很久没有碰球，但还是能够很快进入状态。

一个，两个，三个……

最后靳海阔喘着气坐在木地板上，“好了，累死了，你打得挺好的嘛。”

“你也不错啊……”

已经很久没有享受过这样挥汗如雨的时刻了，篮球滚动到月光之下，我和靳海阔撑着地板坐着，他扔过来一瓶矿泉水，“咳咳，你喝点吧。”

“嗯，怎么咳嗽起来了？”

“没事，咳，热了，是这样的。”

“哦。”

靳海阔咧嘴笑了起来，我也跟着笑了，人只有在这样放松的状态下，才可以还原成最真实的自己。我想起了普通话演讲比赛上靳海阔那篇精彩绝伦的《我的梦想》，其实我输得心服口服，甚至被他那番演讲深深打动，像他这样的男生，可以勇敢地站出来，表达出自己最真实的想法，确实让人刮目相看。也是那个时候，我发现我张祥森也有崇拜一个人的时候，靳海阔，你到底是何方神圣，为什么可以那么轻易地荣辱皆抛，不顾一切呢？

“靳海阔……”

“嗯，怎么了？”

“你是心情不好吧。”

“哈哈，被你看出来了，是的，心里有点堵，所以，想发泄一下。”

“是因为程晨吗？”

靳海阔愣了一下，然后仰天笑起来。

“那么，你喜欢程晨吧……”

靳海阔突然收敛了笑容，整个人躺在了光滑的木地板上，深深地吐了一口气，然后开口，“张祥森……喜欢一个人是什么样子的，你给我说说。”

喜欢一个人是什么样子的，如果徐佳在这里，我就可以把问题交给她。曾几何时，徐佳也问过我这个问题，喜欢一个人到底是什么样子的呢？那时候她穿着蓝色的裙子，双手背在身后，一边望天一边和我在操场的边缘散步。

“张祥森同学，喜欢一个人是什么样子的呢？”

“不知道。”

“你这个人真讨厌，一点情调都没有。”

“没怎么研究过。”

“哎，败给你了。你知道我怎么认为的吗？我觉得喜欢一个人，就是在一起的时候希望能找到和他交谈的话题，不在一起的时候拿着手机等他的电话，睡觉的时候会想念，分别的时候会难受，很久不见了会担忧，对方难过了自己会比他还难过，对方开心了自己就像中了彩票一样，希望自己是他快乐的原因，也希望自己能够带走他的不开心，你说我说得对吗？”

“对，你说的都对。”

“张祥森同学，你都没认真听我说话！”

“我听了……”

“那你复述一遍。”

“太肉麻了，说不出口。”

“明明就是没听！”

我看着靳海阔，“喜欢一个人，就是在一起的时候希望能找到和他交谈的话题，不在一起的时候拿着手机等他的电话，睡觉的时候会想念，分别的时候会难受，很久不见了会担忧，对方难过了自己会比他还难过，对方开心了自己就像中了彩票一样，希望自己是他快乐的原因，也希望自己能够带走他的不开心。”我也不知道自己为何可以将当初徐佳说的话一字不漏地说出来。

“张祥森……这话怎么都不像你能说出来的。”

“是吗，这是别人对我说的。”

“你喜欢的人吧。”

“为什么这么说？”

“语气中带着怀念的味道，虽然我不是狗，但是嗅到了，哈哈。”

“鼻子还挺灵的。”我不自觉地受靳海阔影响，也模仿起他说话的腔调来了，“不过，我喜欢的人已经不在了。”

“哦，离别什么的，很正常。好吧，现在我来回答你刚才的问题，我确实喜欢程晨，如你所说，你刚才所指的症状全都在我身上出现过，但是，你和我都知道，她喜欢的人是谁，所以，即使我喜欢，也只是暗恋，单相思，一厢情愿，没什么结果的爱情。”

“为什么不告诉她呢？”

“因为我快要死了啊。”

“什么？！”

“开玩笑，哈哈，别紧张。因为我配不上她……”

“配不上……是什么意思？”

“我这个人好色啊，又爱赌博啊，一天无所事事，没有追求，家里又穷，总之一无是处，乏善可陈！”

“爱情是不应该有门第观念的，如果你喜欢她，就应该勇敢告诉她。”

“张祥森，说到底你还是不明白，她喜欢的人是你，即使我再怎么努力，也只能成为一个喜欢她爱她保护她的人，但她的心不在我这里，不管我多么努力，都没有结果的，勉强在一起，也会委屈她，那不是我愿意看到的。”

“你怎么就知道她不喜欢你呢？何况我不会喜欢她的。”

“不是不喜欢，是不愿意，因为你还惦记着曾经喜欢的人，不肯放下已经不存在的恋情，所以无法去接受新的恋情。”靳海阔突然变得有些咄咄逼人，他坐起身来，直视着我的双眼，月光之下，他的双眸炯炯有神，执着而坚定地看着我。

“我很累，我想回去了。”

“即使外表再坚强，永远逃避下去也只是一个懦夫，不过，张祥森，你再怎么样也好过我这条咸鱼。”

虽然不愿意承认，但在心中一直执念的某些部分确实被靳海阔看穿了。走出体育馆的一刹那，看着皎洁的月光，我突然想起，徐佳离开已经快一年了，而这一年里我躲躲藏藏，不敢去回忆过去的那些东西，到底还是自己太懦弱。

“即使外表再坚强，永远逃避下去也只是一个懦夫……”

靳海阔的话果然一针见血，他没有说错，我就是一个懦夫，在世人眼中即使再优秀再成功，也战胜不了心魔，一个没有办法战胜自己的人，根本算不上成功的人。

很多年过去了，我依旧记得那个夜晚，在那个漆黑的篮球场里，靳海阔和我说的这番话。他那坚定的眼神与笑容，给了我一份重新认识生活的勇气。

那一夜，我没有拿着书本径直往寝室走，而是出了校门，走进那家奶茶店。

程晨很有礼貌地说：“欢迎光临……”但抬头看见我的时候，迟疑了片刻，我说："给我一杯烧仙草吧。"我第一次对她浅浅地笑，程晨愣住了，然后跟着笑了起来。

我其实也可以笑的。

【程晨】

几天后，Lucky在上班的间隙跑到我桌前来，端着一杯热咖啡和我聊天。那天的工作任务不重，所以我也可以暂时歇歇。Lucky问我恋爱这东西是怎么回事儿，疑问的语气中带着几分欢喜，我一看他满面春光就知道这小伙儿应该是恋爱了。老板在MSN上发信息叫我把下午开会需要的文件打出来，我就歪着头对Lucky说："恋爱这东西，有时候挺勉强的。"当然，我的回答让他有些失望，他看着我在忙，就先回自己的办公桌了，我说："等会儿吃午饭的时间，我们再慢慢聊吧。"祥森走了之后的这段时间，公司开始做新的企划项目，几乎每天都在开会和商讨进程，我感觉我的头快要爆炸了，加上时不时担心保姆对孩子是否照料得当，就更是心累。

我的工作算来就是打杂的，当初拿着那张大学文凭赶到这家公司面试的时候，老板对于华人的要求实在苛刻，加之我的英语极为不流畅，老板皱眉看了我几眼，然后命我先回家等消息。在我心中，这场面试是以失败而告终，回家对祥森又哭又闹，几天后，公司打电话给我，告诉我录用的消息，不过工资条件都不高，如果愿意第二天就可以去上班了。我兴奋地把这个消息告诉祥森，他只是低头一笑，我知道，这肯定是他从中帮忙了，不过我不打算戳穿他，因为没有这份工作，我可能也找不到其他工作了。

老板对我一直不冷不热，常常为了一点小事将我骂得狗血淋头，不过好在我听不太懂他的话，即使看着他的表情抽搐，我也只是低头说："Sorry……"在工作的这段日子里，Lucky是我让我撑下去的动力之一，每次他看见我从老板办公室哭丧着脸出来时，就会帮我泡一杯咖啡，然后说："辛苦了。"对于Lucky，我总是报以微笑。

午餐时间，我和Lucky在写字楼附近的快餐店吃饭。Lucky把手机里的照片给我看，那是一个漂亮的小姑娘，带着棒球帽，卷卷的头发垂到肩。照片是坐在农庄的木椅上拍的，和煦的阳光落在她的衬衣上，Lucky笑得很灿烂，然后说这是他高中同学，前段时间联系到他，两个人出去约会然后彼此聊到都还没有喜欢的人，于是关系近了一层。

"所以说，还没有表白，只是喜欢吗？"

Lucky像一个大男孩，猛点头，然后嘴凑到吸管前吸可乐。

"说来，其实我也没什么经验可言，如果你真心喜欢她，就告诉她吧，不管结果如何，至少还是有在一起的可能性的。"

Lucky用生硬的汉语说："我喜欢她，但是，担心……你的first love是你的husband吗？"

"很复杂……"

"有故事？Tell me？"

"说起来总是不好意思。"

看着他望着我好奇的眼神，关于初恋的事情，我一时间还真不知道和Lucky从何说起。记忆像是被撬开的汽水瓶，过去的事情又不断涌现了出来。

遇见叶少修的时候，正是我处于困惑期的一段时间。

四月末尾的一天夜里，距离奶茶店打烊还有半个小时，叶少修和一群男生吵闹着走了进来。他们叫嚷着，彼此谈论着自己的话题，我完全没有询问他们要喝什么的时间。一个大胖子跷着二郎腿，手在桌上一拍，“少修，那群人太欺负人了，不给他们点颜色瞧瞧，实在是咽不下这口气。”他盯着那个名为叶少修的男生，穿着红色adidas的短袖上衣，干练的短发，左耳有个耳钉，个子非常高，如果我没有记错，是那个在上次校篮球赛扣篮的家伙，体育系的学生。

“少修……”跟着一个染了黄头发的男生叫了他一下。

他突然转过头，让我的目光显得有些不知所措，“麻烦来四杯原味奶茶，一杯烧仙草。”

“哦，好的。”

我发誓我不是有意要听他们谈话的，何况体育系这帮人一天在外面惹是生非，与我也没有任何关系，在我看来，我和叶少修就是两个世界的人。

“少修，那个人抢了你女朋友，你怎么没啥反应啊……”黄头发男生语气总有些义愤填膺。

“心不在我这里，留着也没用。”叶少修点了一支烟，然后转头，“能快点吗？”

“就来——”

我承认我有些被吓到了，慌张地把第一杯奶茶倒在了他身上，这样泡沫剧的剧情实在不应该在此刻发生，那个大胖子差点吼出来，“怎么做事的！”

“对不起，对不起……”

叶少修用纸巾擦了擦衣角，“算了，估计她是被我们吓到了，哈哈……”他的目光像是犀利的野狼，“喂，你叫什么？”

“我？”

“这里除了你，其他人我都认识。”

“干吗？”我实在不想和这帮人有任何瓜葛。

黄头发男生“啧啧”了两下，然后说：“叶少修，你调戏别人干吗，看把她吓得，脸都红了。”

“哈哈，我哪有那么坏，只是，作为刚才把奶茶泼到我衣服上的赔偿吧。”

我真的不敢直视他的眼睛，只能默默低着头，“我叫程晨……”

“噢，哪个系的？”

受不了他的得寸进尺，我没有再说话，帮他们端来剩下的几杯奶茶。后来他们谈论的都是一些打架闹事的话题，我没有丝毫兴趣，收拾好台前的配料，准备进屋和老板说下班的事情，这时候，他们也都起身准备离开了。

叶少修回头看看我，然后说：“奶茶妹妹，方便留个电话吗？”

“不好意思，太穷，没电话。”

“没意思，真不给面子。”

第一眼看见他，就像遇见了瘟神。

后来发现他果然是瘟神。

在我与老板告别后，走在回寝室的路上，刚刚路过最阴森的第五教学楼，叶少修不知道从什么地方突然跳出来。

“啊——”

“哈哈哈……”

“神经病！”我惊魂未定，一肚子气，没有理会他，拼命向前赶。

“喂，给点面子好不好？”

“我脸皮薄，给不了。”

“程晨！”

真后悔告诉了他名字，“干吗……”

“留个电话吧，交个朋友什么的，对了，我叫叶少修。”

“没兴趣。”

“小心我打你啊，你知道我是体育系的。”

“打吧！”

“真服了你了，没意思。”

那天，他就傻傻地跟在我的后面，什么话也不说，一直把我送到寝室楼下，“真不给啊？”我没有理他，准备上楼，然后他说：“那我就每天去奶茶店烦你。”

“变态！”

“体育系的人都是变态！”

“恶心！”

“那是我的风格。”

我知道我越说他越得意，所以我还是闭上嘴，直接上楼了。从寝室的窗户望出去，可以看见他还在楼下徘徊，那件红色的adidas太打眼了。我不知道他到底要干什么，魏兰她们看我坐在窗台前坐了半个小时，都问：“程晨，你是不是傻了，在那里喝西北风吗？”正在这个时候，楼上不知道是谁，一不小心碰掉了花盆，整个花盆掉了下去，楼上的女生尖叫了一声，叶少修张着嘴望天，“啊，谋财害命啊……”

我突然被他弄笑了，然后打开了窗户，“喂，你回去吧，别在那里了，小心看不到明天的太阳。”

“你不给电话，我就不走了。”

“算了，我服了你了，1363876××××。”

回头魏兰，卢菲菲和乔爽三个人看着我，“那人是谁啊？”

“抽风的神经病。”

“啊，程晨，又有新的爱慕者了？你真是……左右逢源啊……”

“什么跟什么啊？”

自从那次比赛之中，我发现有些东西变得很奇怪，比如我与张祥森，我口上明明说放弃，心中却依旧惦念着，不管上课还是下课，总是希望能够在教学楼的楼道间遇见他，或者在食堂甚至操场偶遇也好，而这样的心理是在暗示自己，我根本没有放下这段感情，反而更加在乎了。与张祥森不同的是，我发现靳海阔似乎在处处躲我，于是我开始反思，是不是我做了什么让他讨厌的事情，这个问题困惑着我，有时候下课想过去问问，但他总不在座位上，久而久之，我想这也不是什么问题了。因为我和靳海阔，到底只是普通朋友，虽然常常在一起疯，但是我们却很少谈心，他从不告诉我他心里的想法，当然我也无权过问。

人在几次欢愉之后突然遭受冷清，就会发现人世间有“孤独”这个词语。

我拿着手机，常常想发一条短信问问靳海阔到底在做什么，或者有没有时间出来玩玩，可是打开编写短信的窗口，手指就无所适从，不知道该说些什么。

我和魏兰说起这个事情的时候，魏兰说："其实你不用刻意去联系，如果真的有什么事情了，就拜托他帮下忙，这样自然多了。"

问题是，在那之后，我真的没有遇上什么解决不了的事情，无助少女不再无助，是不是就不需要无敌超人了呢?

我喝下了我杯里的咖啡，Lucky目不转睛地望着我，"Then，你和叶少修在一起了？"

"我不太清楚初恋的定义，到底是第一个喜欢上的人，还是第一个与你在一起的人。"

"So complicated！之后呢？"

"叶少修在三天后向我表白了。"

"程晨，做我女朋友吧。"

那时我正在为客人调奶茶，叶少修趴在台子上望着我，"做我女朋友吧。"

"又抽风了吧你。"

"说真的，据我了解，你没有男朋友，那天晚上你也听到了，我女朋友跟别人跑了，所以，我们都是单身，顺理成章可以在一起。"

"不要乱用成语，我可不想顺理成章，我不喜欢体育生，神经大条，四肢发达，头脑简单。"

"好吧，那我做你男朋友吧。"

"不是一样的吗？"

"不一样，要求你做我女朋友可能你不会答应，但是我做你男朋友，只要我答应了就可以了。”

“什么逻辑。”

“体育生的逻辑……”

“烦死了，别耽误我工作，待会儿客人急了，我又要被骂。”

叶少修突然钻进内台，“来，我来帮你……”

“不要。”

“说了，如果不答应我的要求，我就每天到这里来缠着你。”

“恶心！”

“像鼻涕一样……”

“果然是恶心啊！你太主动了，太主动的男生找不到老婆的。”

“找你就可以了。”

那天下午，叶少修坐在奶茶店里一直等我下班。我第一次遇见像叶少修这样难缠的家伙，他笑着咬嘴唇，然后像小孩一样跟在我的身后，“程晨！答应我吧。”

“考虑下。”

是的，我说的是“考虑下”而不是“不要”，那是因为叶少修的主动确实打动了我，在我最无助最低潮的时候，向我表白的第一个人，着实让我内心温暖，为什么不呢，我当初要到奶茶店来工作，目的不就是希望能够开始一段新的恋情，然后忘记上一段不开心的过去吗？现在老天爷给了我这个机会，我为什么不珍惜呢？

“那就是说我有机会了？”

“叶少修！”

“在！”

"每天来接我下班吧……"

"嗯！遵命……"

那时候的我是不是太寂寞了，寂寞到我可以这么轻易地开始一段恋情，轻易到我根本都不了解对方，轻易到我完全不知道自己在做什么。可是我何必要知道自己在做什么呢？只要能够忘记，什么都好。

当我与叶少修紧紧相拥的时候，我知道我眼角的泪不是为了张祥森，一定不是的，可是，我何必自我强调呢，这些情绪明明只有自己才能感受到。说到底，我还是一个自私的人，为了忘却而利用着别人，我爱叶少修吗，我不知道，只是此刻，积蓄了太久的情感在瞬间像山洪一样爆发，既然无法与自己喜欢的人在一起，何必不给喜欢自己的人一个机会呢？

叶少修，你喜欢我吗？你是真的喜欢我吗？这个白痴问题我应该问谁，当我已经接受这份感情的时候还在反复疑惑它存在的真实性。

但是当叶少修说"程晨，我喜欢你"的时候，我的鼻子猛地酸了一下。或许我的骨子里需要一个人来提醒我，我也是有人喜欢的，而那个人应该是叶少修。

张祥森，如果你觉得我的纠缠让你困，那么现在，我宣布退出，从此分道扬镳，各不相干！

第六章完

第七章 笑忘歌

BGM：《笑忘歌》——

我和你 都约好了

要再唱这首笑忘歌

这一生只愿只要 平凡快乐

谁说这样不伟大呢？

【程晨】

感情或许本就不应该以迅雷不及掩耳之势畸形发展，上高中的时候，语文老师告诉我们，爱情应该是一条河，缓缓流淌的过程是一种美感的享受。而在现在看来，我与叶少修，终究只是两个盲目寻求爱情的人在互相寂寞的时候找到了一个陪伴自己的同伙，或者根本不是同伙，因为叶少修出于什么目的，我一点儿也不清楚。

我曾经想过，爱情应该是在校园漫步的时候，会牵着一个人的手，步如青云般欣赏花开花落；在情人节的那天，在游人如织的地方互送彼此一件心仪的礼物，相拥而吻；在夜晚的时候，能够有一条温馨的短信提醒你入睡，并对你说晚安。这就是我十九岁时对爱情的憧憬与向往。

和叶少修在一起之后，他喜欢牵着我在那一群人面前炫耀，“这是我女朋友，漂亮吧？”而我面对那些体育生，总是有些不知所措。叶少修揽着我的腰，而我总觉得别扭，两个人在食堂吃饭，对话也超不过五句。

“吃回锅肉吗？”叶少修随手夹了一块到我碗里。

“你吃吧……”

“吃嘛，看你这么瘦……”

“哦……”

有时候想开启一个话题也觉得艰难，两个人只是为了例行公事地吃三餐，饭后散步回寝室，有时候想给他打电话，总是响很久也没人接，他回电话过来的时候，我已经在忙别的事情了。他喜欢滔滔不绝地给我讲他身边的人的故事，比如那个染了黄头发的男生，叫刘宝，田径班的，跑步可以跟捷豹相比，再比如那个胖子，叫钟涛，铅球总是可以掷到满分线附近，还有他们寝室的阿哥阿弟，张三李四，他几乎把体育系的每个人都跟我讲一遍。但是我挺担心，当他把这些都讲完了，我们之间的话题还剩下什么。

当然，我也给他讲魏兰，讲卢菲菲，讲乔爽，我每次讲到自己捧腹大笑的时候，叶少修却总是出神地想着其他事情，然后我再收敛笑容，和他继续走下去。

其实不管是他口中的刘宝或钟涛，还是我口中的魏兰或卢菲菲，都是在我们实在找不到共同话题的情况下找出来的挡箭牌。不过，我们也有开心的时候，叶少修会在每天我下班的时候，给我讲个笑话，在天气晴朗的日子，用他的单车载我到处跑，或者在打完篮球后，跑过来抱抱我，然后亲一下我的额头。

对于叶少修，有时候我还真的挺喜欢他的，篮球场上，他的扣篮是我见过的所有扣篮动作中最漂亮的，他说他从小喜欢打篮球就是因为看《灌篮高手》，不过他不喜欢樱木花道，也不喜欢流川枫，他喜欢大猩猩赤木刚宪，就是赤木晴子的哥哥。

时间如流水匆匆而过，大一眼看就走到末尾了，而这一次的考试，我不能再靠靳海阔了。

我已经很久没有和靳海阔说过话了，我也没有告诉他我恋爱了，但是每当我安静下来的时候，我就会时不时地想起靳海阔。

“无助少女？”

我会以为是他在叫我，但是当我转过头去，没有靳海阔，只有趴在桌上流口水的叶少修，然后一边说着我听不清楚的梦呓。其间，我也给靳海阔发过短信，但只是相互问候便不再说话。我想每个人心中的空间大概是有限的，当新的人住进去，必定要让旧的人离开，不管靳海阔还是我自己，大概都是这样。

“老婆……唱首歌来听吧……”晚餐之后，叶少修突然叫我唱歌给他听。

“我唱歌不好听。”其实到现在我都不习惯他叫我“老婆”，我有那么老吗？

“只要是你唱的我都喜欢……”

“额，好吧，不许笑啊！”

“嗯嗯……”

“走在风中，今天阳光，突然好温柔……”可就在我刚刚开始唱的时候，就看见了张祥森，其实是他先看到了我，于是我还没把尾音拖出来，就被呛到了。我仓促地缩回了还被叶少修牵着的手，然后低下头去，叶少修看着我，“怎么了……”等我缓和过来的时候，张祥森已经走到了我身边。

“程晨……”

“嗯……”

“好久不见。”

“是啊。”我感觉到我的微笑都伴随着面部肌肉的抽搐。

“这是……”张祥森看了看叶少修，而我还没有开口介绍，叶少修抢过了话，“我是他男朋友，你好啊。”

“噢，你好。”

如果此刻张祥森的脸上能够闪过一丝悲伤，或者遗憾，我的心里或许还会有些开心，但是没有，他的表情中永远捕捉不到他的心情，波澜不惊得让人根本无法看透他。

“我们……还有事，先走了。”我不想和张祥森逗留太久，拉着叶少修逃离现场，叶少修奇怪地望着我，“他是谁啊？”

“一个普通朋友。”

“哦，那你跑什么啊？”

“因为他特别讨厌，是个坏蛋。”其实我没说错，在我心中，他就是一个坏人。

“他欺负你了？我去把他废了！”

“没有没有，我只是不太喜欢他而已。”

可有的时候，你越是不想见到的人，却总是反复出现在你的视线里。

周三的时候，叶少修告诉我周五会和经管系的国贸班有一场篮球赛，叫我过去帮他加油。但我没想到的是，周五的比赛上，张祥森居然也是队员之一。我在观众席上远远地看见了他，我的身边有很多喜欢他的女生，她们拉着横幅为张祥森加油，刺耳的尖叫声让我特别难受。比赛开始没多久，叶少修就进了两个球，每进一个，他就会朝我望一眼，然后给我一个飞吻。当然，喜欢叶少修的也不少，于是两边的拉拉队差点吵起来，我坐在看台上，目光在张祥森和叶少修之间游离不定，我没有想到的是，张祥森很快就抢到了球，接连进了几个，这下场上更热闹了，所有人都开始为自己支持的队伍呐喊助威。

叶少修的表情不如一开始那么轻松了，虽然他长得高大，但张祥森似乎没有丝毫畏惧他，甚至在强压攻势下，张祥森还临危不惧地投进了一个三分球。经管系的分数很快就追了上来，眼看就要持平了，叶少修一气之下，用手肘狠狠地捅了一下张祥森的肚子，然后起跳投篮，虽然他动作很快，但是我看清楚了，当张祥森倒地的那一刻，我尖叫着站起身来。

裁判宣布暂停，所有人都围着张祥森，在我冲下看台的时候，叶少修笑着向我走过来，准备抱着我的时候，我用力推开了他。

我脸色沉重地对他吼起来，“你为什么要这么做？！”

“我怎么了？”

“你这样很卑鄙，你知不知道！”

“球场上卑鄙的事情多了去了，我不知道你在生气什么。”

“我看见了！”

“看见什么了，你不是讨厌他么，我帮你报仇啊……”

“无耻！叶少修，你有点素质好不好？”

“我就是没素质，怎么样啊，我不知道你为什么要为一个不相干的人和我吵！到底谁才是你重视的人？”

“我只是就事论事，你靠真本事一样可以赢他……”

“是吗，我他妈的就是看不惯他。”一气之下他扔了篮球，篮球重重地打在地上，发出沉重的轰鸣声，“老子不打了！”

“叶少修！”

篮球场突然间变得空荡荡的，我站在球场中央，看着几个人扶着张祥森出去，接着，张祥森与叶少修的拉拉队也离散了，整个球赛变得索然无味，我也走了。

走在路上，我一直在回想叶少修的话，到底谁才是我重视的人，可惜我找不到答案，我想，如果当时是张祥森这样对叶少修，我也会和他吵起来，可是我又明知道张祥森不会那么做，这样的假设毫无意义。这个时候，我的电话响了，是叶少修。

“在哪儿呢？”他依旧带着犯冲的语气和我说话。

“不知道！”我讨厌他这样。

“我在陶然亭，过来吧。”

“我不去！”

“给你五分钟。”说完他就挂掉了电话。

我最不喜欢的就是叶少修的性格，开心的时候把你当块宝，生气的时候就把你当奴隶使唤，我把电话扔进包里，实在不想理他，可是双脚还是不知不觉地走向了陶然亭。

亭子里面根本空无一人，我想或许是我磨蹭太久，他已经走了，又或者他原本就是在耍我，这时他突然从背后抱住我，“哈哈，我就知道你会乖乖听我的话。”

“放开！”

“不！”

“放开，不然我要大叫了！”

“叫吧，来了人我就废了他。”

“你除了武力还会什么？”

“咱偶尔也会背点小诗的，要不要听？”

“放开啦，烦死了！”

“好啦好啦，放开放开，晚上我带你去吃好吃的吧。”他似乎已经把刚才的事情抛之脑后了，我没有理会他，他笑嘻嘻地说："别生气了，刚才我态度是不怎么好。"

"你去向张祥森道歉吧……"

"谁？"

"刚才那个人……"

"哪个人啊？"

"你刚才捅伤的那个人啊！"

"我凭什么要道歉啊！你今天是怎么了？"

"算了……"

"程晨，你喜欢他对不对？"

"不知道你在说什么……"

"回答我！"

我不说话，只是撇过头，因为我根本不知道应该如何解释我现在的心情，我只听见叶少修的拳头重重地打在树干上的声音，然后他说："好吧……我知道了。"

叶少修转身离开了，他没有再说别的话。我蹲下身来，突然想哭，但依旧强忍着没有落泪，我想给靳海阔打电话，但我刚刚拨通，就听见服务台的小姐说："您拨打的用户已停机。"我不知道过了多久，也不知道后来是怎么走回寝室的，打开门的时候，魏兰和乔爽还在为了洗面奶的价格争执，而我一下扑在魏兰的身上就大哭了起来。"怎么了，谁欺负你了？"魏兰这么一问，让我心里是真的委屈，其实我真的不是一个朝三暮四的女生，我只是想正经八百地谈一场恋爱，找到一个喜欢我的人好好对我，至于张祥森，我承认心中还是有些放不下他，每当我看见他凛冽的侧脸时，心中总是微微一震，但我程晨对天发誓，我没有特地去想过张祥森，在与叶少修交往的日子里，若不是魏兰在寝室里聊天时告诉我，我压根不知道张祥森又拿了什么什么奖。可就在刚才，叶少修的那句毫无信任的“好吧”使我心中的感情全部土崩瓦解了，既然他那么不信任我，我也没有任何解释的必要。

深夜，我犹豫了很久，还是给张祥森打了一个电话。

“喂……张祥森吗，是我，程晨。”

“嗯，我知道。”

“哦，你的伤好点了吗？”

“谢谢关心，没什么。”

“他……”我不知道该不该帮叶少修道歉，最后终究把话咽了下去。

“如果没什么事情，我想先休息了。”

“那么，晚安。”

“嗯。”

我想，或许我不应该打这个电话，因为打不打都无关紧要，我终究不是叶少修，而我与张祥森之间的对话只会徒生尴尬。

那天之后，叶少修很长时间没有来找过我，眼看期末考试临近，我也没有心思去想感情上的事情，虽然生活变得一团糟，可有魏兰她们陪着，我也没有那么难过。乔爽从市场买回来的玉兰开花了，我坐在阳台上复习总是能闻到淡淡的幽香。

不过这样的冷战还是敌不过人心的寂寞，考试结束的那天，叶少修突然跑到寝室楼下大喊我的名字。魏兰说："既然他主动来找你了，你就忍忍，下去吧。"

我不理会魏兰的劝解，也没有拒绝。不一会儿，我听见外面嘈杂的声响，魏兰打开窗户，便看见叶少修径直朝寝室走来。

"程晨，他上来了！"我还没有反应过来，叶少修已经冲进了寝室。

"老婆……"

"叶少修，这里是女生寝室，你注意一下好吗？"

"我不管，我知道前些日子是我错了，你原谅我吧……"叶少修手臂靠在门上，然后望着我，其实我对叶少修的道歉没有任何抵抗力，时间已经过去这么久了，当初的那份委屈其实我已经不怎么记得了，虽然嘴上不说，但我心中一直等待着叶少修道歉的这一天。

"谁理你啊……"魏兰帮我先回答了，"道歉就是说句话就可以的吗，谁叫你欺负我们家晨晨的，道歉得有点表示……"

"老婆你说怎么办我就怎么办，把我吊起来打都可以！"

魏兰继续说，"啧啧，最讨厌你这样的男生了，欺负女孩子的时候总是不经大脑，之后又来弥补，早知今日悔不当初，我看你就是欠骂。把你吊起来，咱还费力气呢，省了吧，你请咱一寝室人吃饭就原谅你。"

叶少修看看我，我依旧没有说话，魏兰的嘴可比我厉害多了，我是没有办法说出这些话来的，其实如果魏兰不插嘴，我早已经原谅他了。

"请请请，只要老婆开心，我什么都愿意。"

魏兰朝我使了眼色，我深吸一口气站起身来，"叶少修！"

"在！"

"下次我不想听见你道歉……"

“绝对没有下一次了！”

叶少修带我们去了校门口生意最好的那家川菜馆，其实我没有什么胃口，看着满桌佳肴，却毫无动手之意。叶少修顺便叫上了他的一群朋友，魏兰倒和他们聊得起劲儿。叶少修叫来几瓶啤酒，说是要好好庆祝我与他言归于好，整个包厢嘈杂喧嚣，我却什么话也不想说。

“老婆，放假去我们家玩吧……”他已经有点醉了。

“我得回家去。”

“那我上你家去玩吧……”

我没有回答他，他又与胖子钟涛他们喝了几瓶，整个人说话就越来越糊涂，他从口袋里掏出钱包，递给我，“去结账吧，我有点晕了……”

我拿着钱包，刚刚打开，就看见了夹在里面的照片，那是一个漂亮的女孩子，笑得很甜，与叶少修亲密地靠在一起，如果我没猜错，这是他以前的女朋友。有一刻，我的心里居然微微难受起来，原来，他也没有忘记过去的那个人，这是吃醋吗，或许是吧。

当夜星光灿烂，我搀扶着喝醉的叶少修往寝室走。我想起上次放假的时候，还是靳海阔送的我，那场惊心动魄的单车送行突然让我有些怀念。

而现在，叶少修在我耳边呼着暖暖的酒气，含糊地说：“我喜欢你……”

我突然收了尾，Lucky一脸茫然地看着我，我知道我用汉语夹杂英语也很难将我的故事原原本本地说清楚，Lucky听得有些云里雾里，但还是想继续听下去，我看了一下手表，然后说："太晚了，我们得回公司了，等下我又要被骂了。"Lucky一脸失望地看着我，"有机会，接着讲……"我笑着点点头。

起身的时候手机响了，我翻开手机，又看见了那个陌生号码。

13:43

2010/12/23

发信人　+861376298××××

无助少女，有没有照顾好自己啊?

我拿着手机愣住了，立刻回拨了过去，但那头依旧挂断了我的电话，到底是谁呢？是靳海阔吗？可是他为什么不愿意和我说话呢，我是真的有很多很多话想和他说啊。

13:45

2010/12/23

收信人×+861376298××××

靳海阔，我知道是你，你在哪儿呢?我现在过得很好，你过得好吗?

没有多久，短信又跳了进来。

13:48

2010/12/23

发信人　+861376298×××××

你过得好就好，我怕你还像当初一样傻乎乎的，经常吃亏，被别人占便宜，哈哈。

是靳海阔！我知道，虽然只是文字，但那熟稔的语气，就仿佛他站在我的对面一样，Lucky看着我，“Why did you cry？”我哭了吗？为什么我自己都不知道，我朝Lucky摇摇头，然后示意他出门，我吸了吸鼻子，然后回了一条信息。

13:45

2010/12/23

收信人　+861376298××××

你才傻乎乎的！无敌超人，你还欠我一个愿望，别忘了，不许赖皮。

可是，再没有回复。我死死地攥着手机，期待着短信的铃声，可是，再也没有了。我和Lucky走进旋转门的时候，Lucky转过头对我说：“妆花了，补一下。”而我看着镜子中的自己，就跟一个大熊猫一样。

【海阔】

放假前的那晚上，大康一边收拾行李一边说：“下学期开始，咱就晋升为学长了，有一批可爱的小妹妹要进来了，靳咸鱼，把握机会啊！”不知道从什么时候开始，大康他们开始改口叫我“靳咸鱼”，我躺在床上什么话都不想说。

蚊子穿了一件条纹背心，然后蹦蹦跳跳地说：“下学期我们就可以去接学妹了。”

我顺势探出头，“哈，我看你是猎艳吧。”

蚊子故作镇定，“靳咸鱼，你什么思想，像我们这么纯洁的人，怎么会与你为伍。咱是要发挥学长的风范，让人家小学妹一进来就感觉到家的温暖。”

我笑着说：“你看，都让别人进你家了，还不是心怀不轨？”

蚊子气得脸红，大康收拾好了箱子，起来拍拍腰，“我说啊，我们就得放聪明点，如果是漂亮的学妹，咱就热情点接待，要是长得对不起观众，我们就说我们是过路的。”

蚊子点头，看见我的眼神，他又摇头，“我觉得我们还是应该一视同仁。”

最不爱说话的小孟突然开口，“咋就听见你们说接学妹，怎么没听见你们说接学弟呢？”

蚊子和大康猛地转头看着小孟，“我说你怎么就不交女朋友呢，原来你喜欢男的啊，行，哥看见帅气的给你介绍介绍……”腼腆的小孟一下红了脸，“我……”

大家都哈哈大笑起来，我们寝室永远都这么热闹。大康他们洗漱完毕，就开始讨论离校的事情，大康和蚊子想趁着假期去深圳打工，毕竟长长的一个假期不能浪费了，而小孟家在黑龙江，一年回去两次，早就买好票准备回家看父母了，我早早就给奶奶打了电话，奶奶在家准备好吃的等我回去。

时间过得真快，转眼间，一年就过去了，一时间我想到一年前在教室里第一次碰见程晨的情景，当我拾起那张身份证的时候，其实我有点吃惊，因为身份证上的生日和我居然是一天，不过，我没有告诉过她。不知道程晨离校了没有。

这次大康上床侧身面向我，“靳咸鱼，你和那个程晨到底怎么回事啊？好久没见你们在一起了。”

“哈哈，大美女有她的生活，咸鱼一身腥味，偶尔吃吃还可以，长期吃就受不了了。”

“说真的，那女孩不错，如果喜欢就抓紧机会。前段时间我和蚊子看见她和一个体育生在一起，听说是她男朋友，其实你又不差，干吗要放弃呢？”

“你看，别人都恋爱了，我还去追干吗，下学期不是有小学妹吗？”

“靳咸鱼，有时候你的笑会让我突然感觉浑身在燃烧，但很多时候，你的笑也让我觉得伤感。”

“哟，大康，你啥时候成诗人了？”

“哎，靳海阔，我一和你说正经事儿你就不正经。”

我是老大不正经，其实我也看见了，程晨牵着那个体育生的手在黄昏时分绕着操场走了一圈又一圈，那又怎么样呢，不管程晨和张祥森在一起，还是和那个体育生在一起，哪怕是一个乞丐或神经病，只要她开心，幸福，我就高兴了。如果我把这些念头统统说给大康他们听，他们除了骂我蠢，绝对不会叫我“靳圣人”。

我已经很久没有看见奶奶了，我很想她。虽然这些年，我们一直住在东区的旧楼里，没有用妈妈留下的钱买新房子，但我觉得和奶奶住在一起很开心。每次我放假回家从楼下路过的时候，一楼的王爷爷总是笑着说：“海阔放假啦，半年不见又长高了……”刚刚进门，奶奶就拿着扫把捅了过来，还好我躲得快，“啊，奶奶，你干吗……”奶奶没有回答，转身又捅了过来，“奶奶，我没犯错吧……”奶奶就像小时候追着我打我一样，把家里跑了个遍，然后她也累了，撑着扫把喘气，“嘿哟，看来我是真老了。”我疑惑地看着奶奶，“今天怎么了？”奶奶说：“我看看你身体虚了没，现在发现，我担心是多余的，不过明天还是去医院检查下。”

奶奶盛饭的时候，在桌上多放了两个碗，我知道今天是老爸的忌日，奶奶顺便把妈妈的碗也放上了。奶奶说让他们先吃，然后我们再动筷子。我知道奶奶想他们了，其实我也想，晚上睡觉的时候，我打开抽屉拿出爸爸以前寄回来的那些照片，每一张后面都是爸爸对我说的话。

“儿子，爸爸现在在凯旋门，非常想你。”

“海阔，我看见这广阔的大海，就想起你，希望你以后能有这样宽广的胸襟。”

“小海，虽然爸爸妈妈常年不在你身边，但希望能够像男子汉一样，依靠自己慢慢长大，爱你。”

或许在别人看来，我应该一边泪流满面一边缅怀，但是我没有，每当我看见爸爸对我说的这些话，我都对自己所拥有的感到满足和幸福，我的乐观大部分是受奶奶影响吧，因为从小奶奶就告诉我，人没有绝望的处境，只有自掘坟墓的傻劲儿。

正因为如此，我极少会因为想念父母而悲伤，我只感觉，他们都没走，都还在我身边。

我突然想起一句话，爱的反义词是遗忘，而铭记于心的人永远在身旁。

第二天在医院，医生看过我照的B超，然后对奶奶说："阴影没有扩散，还是你孙子的心态好，一般情况下，心情愉悦可以抑制病情扩展，不过也不一定，总的来说，是好消息，但还需要定期来医院检查，其实我们还是建议手术……"奶奶看看我，我摇了摇头，我觉得现在这样很好，没有什么痛苦的，只是偶尔深夜咳嗽不止，但总体来说，不用躺在医院目不转睛地看着吊瓶，也不用让那些冰冷的器具将我开膛破肚，像我这样，其实不对别人说，谁知道我肺上有问题呢？

出门的时候，奶奶的表情有些凝重，"靳海阔……"

"嗯？"我看了看奶奶。

"在学校有喜欢的人吗？"

"没有。"我撒了谎，而且是斩钉截铁的。

"那还好。"

"奶奶不是想抱曾孙了吧？"

"呵呵，倒还真有点想。"

"奶奶你为老不尊。"

奶奶清了清嗓子，说：“傻小子，说真的，虽然你带着病，但若是遇到了喜欢的女孩子，就应该放开去爱，人的一生本来就短，能做自己开心的事情最重要，如果舍不得离开，奶奶就带你做手术，横竖都是死，咱不怕。”

我突然抱住奶奶，说：“奶奶，有你在，真好。”

我没有告诉奶奶我喜欢程晨，是因为我不想奶奶担心。我不是那种拖泥带水的男生，所以很多东西我都会自己一个人承担，奶奶知道我这个特点，所以奶奶常常担心我有什么事情憋着。若不是奶奶提起这个事情，我真的不大想程晨了。可是现在，和奶奶走在回家的路上，看见小超市里放的广告，我就想起了她，她笑起来特别像电视里的那个女生。这么炎热的夏天，她是不是躲在家里，吹着空调，摸着小猫咪呢。再回头，我只听见像浪潮一样的蝉鸣。

几天后，大康给我打来电话抱怨，他说他们打工那工厂真不是人待的地方，睡的是猪圈，吃的是猪食，每天被吼被骂，一天工作16个小时，唯一的休息时间是上厕所。我一边笑，大康一边骂我，“你这小子幸灾乐祸是吧，开学了有得你受的，时间到了，你看哥给你打电话都是挤的撒尿的时间，好了，回头聊。”我想这也未必不好，大康可以趁机减肥嘛。

人就是这样，稍稍接触多了，就会产生感情，对大康他们也一样，有时候我觉得我越来越不像当初那个果断的自己，变得会留恋一些东西，这样对于我而言，毕竟不大好。

我突然想起已经很多个夏天没有去游泳了。

很多年前的夏天，我也是这样泡在游泳池里，奶奶坐在边上看我。我记得奶奶不给我买游泳圈，那时还不会游泳的我没少呛水，有一次差点沉下去，一急就试图抓住身边的什么东西，谁知道扯掉了一个叔叔的泳裤，正当那叔叔皱着眉头想骂人的时候，奶奶就扔掉烟，把我从水里拉起来说："你忍心骂这孩子吗，没爹没妈的，一个人跑这里来学游泳，差点溺水了，你一条泳裤救了一个生命，得了，年轻人，七级浮屠啊……"那叔叔看着一位老太太，又看着还是小不点的我，实在不好说什么，嘴里嘟哝着，拉起泳裤游走了。

而现在，当我躺在水里，看着明晃晃的天空时，想起童年的往事，发现原来我已经长这么大了。

转头的时候，突然看见张祥森，一个猛扎跳进水里。我没有想到会在这里遇见他，我顺势游了过去，张祥森似乎发现了我，开始加快了向前的速度。我突然想起了小时候的那个自己，伸手够到了他的泳裤，然而我还没用力，他就停了下来。

他取下潜水镜，"靳海阔？"

"没想到你也是本城人啊。"

游泳池边，一对夫妇还在教他们的孩子游泳，溅起的水花打在张祥森的胸膛上，"不好意思……"张祥森微笑着摇了摇头。夏日的阳光照在我和张祥森的身上，他的眼睛依旧没有焦点，像是蒙着大雾。

"暑假真是无聊啊……"我笑嘻嘻地看着他。

"还好。"不冷不热的回答真是让我难受。

"其实，有时候我真的觉得你不用那么严肃，像我一样多笑笑，会吸引更多女孩子的。”说着我眨巴眼睛大笑了一个。

“其实，我不想吸引女孩子……”

“喂，别给你三分颜色就开染坊啊！”

“靳海阔，我也很奇怪一件事，你的笑容为什么总和六月的太阳一样？你就没有烦恼的时候吗？”

“因为心怕受凉，所以要用阳光常常照照。”

张祥森看着我，迟疑了一会儿，其实我自己也没有想到为什么会说出这样一句话，阳光突然有些刺眼，张祥森说：“原来，你也怕心受凉，我以为你不会有难受的时候呢。”

“没有谁会开心一辈子，反过来也一样。我嘛，不过是更喜欢把事情往好的方面去想，不像很多人那样风声鹤唳、草木皆兵罢了。”

“那你是怎么做到的？”

“你做不到。”

“为什么？”

“因为，我是一个没有追求的人，所以即使失去也并不觉得遗憾，但是你不一样，你看，我说得对吗？”

“靳海阔，我突然有那么一点崇拜你了。”

“就一点吗？不多一点吗？哈哈”

张祥森不经意间被我逗笑了。

“因为你总是把最好的一面展现给别人，实际上你的心中却有很多很多的遗憾，而那些遗憾，我觉得你看得很重。”我看着张祥森凝重的表情，“不过，我都是瞎猜的，哈哈，别介意。”

张祥森反而松了一口气，“其实你说得很对。”他向后撑住自己，“我是一个内心没有安全感的人，特别是我曾经将一份感情灌注在一个人身上，之后却发现失去对方时，好像所有的努力都付之东流一样。”张祥森突然转过脸看着我，让我有些不知所措。

“其实……时间真的可以治愈一切，有一天，你会忘掉的。”

张祥森突然释怀地笑了，“靳海阔……谢谢你。”

说实话，第一次听见张祥森道谢，让我有些受不了，感觉脸部抽搐着，回答他，“不……不用。”而接下来张祥森说：“如果，我可以更早一点认识你，就好了。”

【张祥森】

很久很久以前，他说，时间真的可以治愈一切，有一天，你会忘掉的。

想起靳海阔曾经和我说的这句话，我发现，忘记一个人真的不如忘记一件事那么简单。

记忆中她又和平常一样，撇着嘴，背着手往前跑，两个小辫子在后面一荡一荡的。跑了快十步的距离，扭过头看我，“张祥森，你喜不喜欢我？”我只是慢慢地走在后面，她就继续跑，“你都不来追我，肯定不喜欢我！”

这时候，操场边的踢足球的男生就看着我们，几个女生也笑嘻嘻地望着我。

我快步跑上去抱住她，然后说：“别闹了。”

徐佳挣脱我，“不，我就要闹，你心里分明就没我，巴不得快点高考去大学找个美女……"

我看着她佯装生气的脸，就扬起嘴角笑起来，徐佳推一下我，说："看吧，还笑，肯定被我说中了吧！"

我也不说话，徐佳就继续嘟着嘴，"烦死了，你都不解释，一点儿不好玩。"

高三那年，徐佳最喜欢问的一句话就是：张祥森，你喜不喜欢我。

其实她明知故问，但是她还是喜欢问，因为我没有一次回答过她。

"张祥森，你就没有亲口说过你喜欢我。"

"说出口的不一定是真的，喜不喜欢你还不知道吗？"

"不，我就要你说，我想听。要不然我们就打赌，从操场回教室的树是单数棵，还是双数棵，谁输了，谁就要在教室说。"

"太无聊了。"

"不，我要！"

"好吧，你先选吧，单还是双……"

"我选单数，你只准选双的。"

"好，听你的。"

其实我也不知道从操场到教室到底有多少棵树，甚至已经做好了认输的准备，可惜，在徐佳数到36的时候，无论如何找不到第37棵树，她扭过头不看我，然后我笑着跟她上楼。

"张祥森，我讨厌你！"

"刚才不是这么规定的吧……"

徐佳堵着气走上教室的讲台，然后下面的同学突然安静了下来，徐佳大喊："张祥森！我喜欢你！不过你是一头笨猪！"台下传来一阵笑声，徐佳朝我吐舌头，然后转身跑下台。

拿着徐佳的照片，我就想起这些零碎的琐事。

中午的时候，徐叔叔打电话过来，叫我晚上过去吃个饭，顺便看看徐佳房间里的东西，有没有什么我可以带走的。政府那边已经下了拆迁令，建新西路的那一排老房子终究敌不过岁月要被拆掉了，自从换了市委书记之后，整个城市进行大改造，拆迁也是迟早的事情。

我这次没有搭出租车，而是坐的公交车过去。我想好好看看尚未拆迁的建新西路，因为以后或许再也看不到了。其实一个人从小到大生活的范围来来去去就是那么一个小圈子，每天搭相同线路的公交车，走相同的路，遇见相同的人，而现在，时过境迁，很多东西都在改变。

“张祥森，你什么时候做顿饭给我吃吧。”

“我不会做饭。”

“那以后谁做饭啊，好多男生都会做饭的。”

“我们在外面吃吧。”

“不要，你现在就要学，以后你做饭，我洗碗，就这么定了。”

路过楼下菜市场的时候，依旧熙熙攘攘，热闹非凡。路过卖黄瓜的小摊，就想起徐佳让我学黄瓜炒鸡丁的事情，上楼的过道上，扑面而来的是各家厨房传来的菜香。我敲了门，赵阿姨看见我就把我往里拉，“赶紧，时间正好，我把糖醋排骨炒了就可以吃饭了。”

徐叔叔看着我，放下手上的报纸，“你赵阿姨知道你最爱吃她做的糖醋排骨，一大早就跑去买排骨了。”

“来来来，趁热吃，过段时间你走了，估计以后也不常回来了，我们要搬到南边去了，离这里也远，以后不容易吃上我做的菜咯。”

“嗯……徐叔叔，你们平时钱还够用吗，不够我每个月给你打点钱过来。”

“祥森，你可别，我们受不了，你还惦记着我们二老我们就很满足了。”赵阿姨一边帮我盛饭一边皱着眉头。

“我应该做的。”

“没有什么应该不应该，小佳走了之后，我们就把你当我们亲生儿子一样看待，只要看见你就开心了。钱什么的，我们有退休工资，两个人凑合着过。”

我也早料到他们不会接受我的钱，所以压在口袋里的那叠钞票，最终还是没有拿出手。饭后，徐叔叔打开徐佳房间的门，“你进去看看吧，如果有想带走的，就拿去吧，留着我们也没什么用，时常看着也伤心。”

“嗯……”

徐佳的房间我再熟悉不过了，进门是一个老旧的衣柜，衣柜门上还嵌着一面镜子，衣柜的旁边是一张床，床头靠窗，左边是一个小书架，上面还放着我们那年的高考复习资料，高三那年的周末，我们就在中间搭一张小桌子，帮她补习功课。这间屋子充满太多的回忆，让我走进来就像回到了八年前，时间过得太快了，一切都像昨天发生的一样。

徐佳的书架上放着很多她喜欢的书，大部分都用挂历包上了书皮，放在第一排的那本厚厚的是《飘》，那是我送给她的礼物。我从中挑了几本，我突然很想看她书架上的书，因为每一本都有她在上面做的读书笔记。我从中随便抽了几本，此时，突然有个厚实的本子从中间掉了出来。

内页上密密麻麻的字吸引了我的注意力。

2000年3月21日　雨

我已经多久没有遇见你了，我以为这辈子都不会再遇见你，可是刚刚出校门我就看见你了。你和一群我不认识的人走在一起，完全没有发现我。今天下着很大很大的雨，我的浑身都淋湿了，我从你的身边经过，你却只是笑着和他们聊天，有一刻我想追上去，骂你，可是我没有，我就这样看着你越走越远，我想我要忘记你，就从今天开始。

2000年4月1日　晴

今天天气好极了，阳光照耀在教室的一角。我向张祥森表白了，可惜今天时间不对，我居然挑了愚人节，在很多女生都给他投情书的情况下，我只好当面和他表白了。其实我喜欢不喜欢他都是次要的，重要的是，我要忘记你，你这个自大无比，又不懂得珍惜的家伙。

我和张祥森在一起了，没错，我是故意拉着他在我们经常一起吃炸酱面的地方出现的，重要的是要让你看到。果然，今天终于看到你了，我知道你吃醋了，我喜欢看你生气的样子，谁叫你总是带着那么多女生在身边，谁叫你不理我，这下我开心极了，真是阳光明媚的一天。

突然之间，我感觉到内心深处那些柔软的地方被狠狠地捏了一把，而一直在我心中徜徉多时的美好瞬间崩坍，我的手凝固在那一秒，却依旧翻了下去。

2000年4月15日　雨

你还是来找我了，我就知道会有这么一天，你就像发疯的狮子一样朝我乱吼乱叫，把我拦在楼下不让我走。我说，你再不放我，我就咬你了，于是你看着我狠狠地在你手臂上咬了一口。可是，我突然想起很久以前，在那个楼道间，我也是这样咬了你一口，而那一次之后，我就再也没有见过你。你现在知道挽留我了，知道来找我了，知道说我只是你一个人的了，但是早的时候，你去哪里了呢，我讨厌你，我恨你。但是为什么，你一抱着我，我就忍不住哭了呢，我说过我不会再原谅你了，说什么都不原谅你了。

2000年4月27日　晴

其实张祥森对我很好，真的，他身上的优点你一点都没有，可是我居然还是答应了你。或许我真正喜欢的人还是你吧，可是我不能伤害张祥森，所以我和你约法三章，只能我去找你，不准你来找我。好在，你还是那么尊重我的意见。

有时候我想，我是一个好女孩吗，特别是当你抱着我的时候，我一直反复问着自己这个问题。后来我想，我只是方式不对，或许这是让自己好过一点的借口，可是世上有哪个人不是一直为自己犯错找借口呢？我爱你，却不想伤害别人，是的，一定是这样，你能理解我对吗？

但亲爱的，我还有一个秘密，是你们都不知道的。我也希望，你们永远都不要知道。有时候我觉得自己很累，在不断地扮演着开心的角色，然而我一点也不开心，我多想靠着你狠狠地大哭一场。

我突然很喜欢这样的感觉，在半夜的时候听见你在楼下喊我的声音，然后我悄悄换了衣服冲到楼下和你去外面吃夜宵，我又回想起我

们在一起的日子了，我想如果可以，我愿意永远和你在一起。

我不知道我还有没有继续翻下去的勇气，那些在我心中温存的画面，原来都是假的吗。那么徐佳，你为什么要骗我呢，单单是不想伤害我吗。这么多年来，我一直念念不忘的女孩，我曾以为是最爱我的人，到头来，原来只是自己骗自己。我的手颤抖到自己都觉得害怕，这真的是我一直喜欢的那个女孩吗？心中的声音告诉我，不是这样的，绝对不是！

2000年7月18日　阴

我们在走廊相拥，差一点被我爸爸看到了，于是我们疯狂地往楼上跑。在天台上，你对我说，这么久来，你最喜欢的人还是我。你说你喜欢我。我喜欢听这句话，张祥森从来不对我说，虽然我知道张祥森也喜欢我，但是他太不善于表达了，他根本不了解我，我是一个多么喜欢刺激生活的人，在他的心中，我永远是山间的小百合。

2000年12月10日　雨

我没有想到会在那里碰见十九中的人，亲爱的，对不起，我没有办法向你坦白。是的，我有很多很多男朋友，除了张祥森，还有其他学校的男生，但是，你相信我，我最爱的人只有你一个！看着你红着脸朝我怒骂的时候，我知道我失去你了。可是，你哪里知道，我们家的家境有多困难，我有多么需要钱呢，我爸爸为了我上学，在外面欠了多少债，我妈妈下岗了，更是以泪洗面，这些事情，你怎么会知道呢？是，我是一个贪财的女孩，我看见钱什么都可以不顾，所以我不

能失去张祥森，不能失去那些富家公子，但是，你为什么就不肯听我解释呢？

2001年2月14日　雨

亲爱的，我知道你再也不会理我了，在我最需要你的时候。我常常半夜会惊醒，以为你还是和过去那样在楼下叫我，然后邀我一起去吃夜宵，但当我趴在窗口看的时候，只有来往的车辆。今天是情人节，我和张祥森路过面店的时候，看见你牵着别的女生的手了，你还喂她吃面，你笑得那么开心，好像完全没有看见我一样。好吧，既然你选择了这样的结局，我也无能为力。

我原本以为六月我就和张祥森离开，到时候两两相忘，再无关系。

却没有想到回家的时候居然遇见你，你守在我家楼下多久了？你肯定是喝酒了，张口就骂我，你骂得多难听你知道吗，不过，我就是这样的人，你骂得很对，如果你觉得不够，你还可以打我，你可以把所有的气都发在我身上，但你为什么妥协了，你为什么要抱着我，泪水掉进了我的衣服里。你说，你不能失去我。我开始怀疑，你只是喝多了，但是你就是抱着我不放，你说“对不起”，即使你换了这么多的女朋友，才发现最喜欢的人还是我。

你说我们重归于好，我只是笑。

但是亲爱的，你知道吗，就在今天，我和张祥森接吻了。我不知道为什么，看见他的时候，我突然发现我有点喜欢他，或许是他对我太好了，让我产生了错觉，所以我们在教室走廊上接吻了。可是为什么，你哭的时候，我会那么心痛呢？

2001年5月12日　晴

如果可以，我宁愿这是一个梦。你不是说你最喜欢的人还是我吗，那么，为什么我看见你和对街的她那么亲密呢，不要告诉我，这是你逢场作戏，我真应该给你颁一个最佳男主角的奖。

2001年6月1日　晴

你给我滚，不要让我见到你！我恨你，我讨厌你，为什么你要这么对我？是那个女人来告诉我，她才是你女朋友，而你居然没有解释，好吧，谢谢你让我明白爱情到底是怎么一回事。你还来找我干什么呢，在你心中，我还有一席地位吗？我知道，你早就嫌弃我了。

2001年6月20日　晴

夏天终于到了。祥森，这段话写给你，谢谢你一直以来对我这么好，对不起，我一直在欺骗你，或许我也没有办法奢求你的原谅了，高考那天我心情很不好，所以数学终究还是考差了，我想我没有办法和你一起上大学了。我没有办法和你提出分手，因为我担心你接受不了，我更没有办法向你坦白原因，让你知道你心中那个单纯而美好的徐佳其实是一个在各所学校勾搭富家公子的女孩，钱对于我来说太重要了，或许你会觉得我虚荣，但当我处在学校，看着身边的人全都身穿名牌，大谈自己家如何如何，自己却只有买路摊货，还要常常为学费发愁，像你这样家境富裕的人根本无法明白我的感受。

祥森，谢谢你，陪我走过黑暗的这段日子，我决定好好珍惜我们在一起的日子。希望有一天，我能真的喜欢上你。

我的手夹住这一页纸，突然停了下来，整本日记中，唯独这一页是写给我的。我感觉到心脏的裂口处被微微撒了盐，让我绞痛不已。我不想再读下去，直到翻到最后一页……

2001年6月22日　雨

我没有想到今天会下这么大的雨，当我敲你家门时，你赤裸着上身出来了，你说不方便和我说话，我说我是来想你辞行的，你问我要去哪里，我说去天堂，你骂我耍你，我只是无力地笑笑。

我说如果你不回到我身边我就去死，你说我疯了，我确实疯了，因为你欺骗我，最后我什么都没有了。我以为我还有你，可是，你也已经不属于我了。

你收拾东西说陪我去吃饭，我摇头拒绝了，我最后问你一次，最喜欢的人是谁，你居然犹豫了。

好吧，答案已经没有意义了。

我要用什么方式让你永远记住我呢？只有一个，别笑我傻，我是认真的。

我要你永远记得我。

上面的日期，正是徐佳离开人世的那一天。我拿着本子，久久无法出声，这个时候，我是在做什么呢？这一份感情早已经远去了，我是在懊恼什么呢，懊恼自己当初如果能够对徐佳更好一点，或许她就会喜欢上自己而避免这一场悲剧，还是在懊恼自己惦记了八年的感情到最后只是一场虚无的假象。

张祥森，你真是天底下最蠢的人。

而这时，手机突然响起了，程晨发过来的短信，她说，祥森，你吃饭了吗，一切还顺利吗？

我只感觉到我坚强地撑到最后，眼角还是有一滴滚烫的液体掉落下来。

第七章完

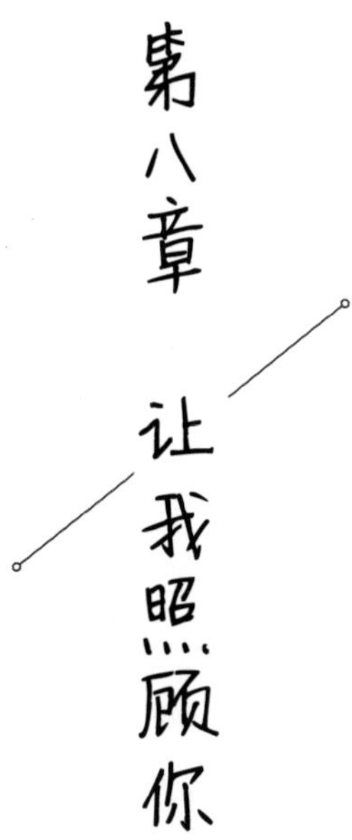

第八章 让我照顾你

BGM：《让我照顾你》——

幸福不是多 而是遗忘

能遗忘生命的烦恼忧伤

【靳海阔】

六点半左右，我就迷迷糊糊地睁开了眼。

新学期开始之后，睡眠一直都不太好，最近这些日子一直在迎接刚刚到校的大一新生，大康他们老早就把小孟叫醒，去校门口候学妹去了，而我对于这些不感兴趣的事情，只是翻身想继续睡觉。大康他们也挺够意思的，回寝室的时候就帮我带一袋包子和一杯豆浆，然后又匆匆忙忙地投身于猎艳的事业之中。

有时候睡醒了，我也会去看看，帮新生拎下东西，提下行李箱什么的，每当听见一些学妹叫我学长，我就会有些不好意思，或许是一时间没有转换过来。大康他们倒是装作一副学长样，语重心长地和学妹们讲我们学校怎么怎么样，我们专业如何如何，当然不忘把自己电话告诉对方，告之有不懂的一定要打电话来问，顺便也要了对方的号码。

夜晚睡觉的时候，大康笑盈盈地和他刚接的学妹通电话，蚊子探出头不屑地说："大康就知道接美女，肯定是内心寂寞了。"

大康匆匆挂了电话，然后说："说谁呢，谁寂寞了啊？"

"你呗，还能有谁，你看你那QQ名都改成啥了，康寻佳人……啧啧，还不是内心寂寞的表现？"

"谁说佳人就是女人了？"

"佳人不是女人是什么？"小孟突然插了进来。

"佳人也有好人的意思啊……"

蚊子扭过头，"那我也是好人，你怎么不来寻我啊……"

我和小孟都捧着肚子大笑起来，蚊子才发现自己说错话了，"我可没叫你来找我啊……"

“谁想找你啊，哼哼。”

我真是被大康他们这对活宝逗得哭笑不得，末了，小孟说：“对了，听说我们正巧碰上学校七十周年校庆，最近学校在准备大大小小的活动呢。”大康和蚊子继续追问下去，而我实在无心，蒙头睡了下去。

大二刚开始，开学查成绩，我的英语四级很幸运地通过了。

我的生活依旧充满了阳光，在大康等人逐渐堕落的时候，我却越加勤奋起来，他们习惯了在寝室躺着一天不出门，而我开始多带一个笔记本，认真听老师上课。其实充实生活的方式有很多，像这样的日子，我觉得很满足。

下课之后，大康打电话来叫我一起去操场看大一新生军训，虽然我没有什么想法，但也去了，操场上齐刷刷的军装让我想起了我们大一那会儿，刚来的时候也军训了，不过刚军训不久，就接连下雨，最后取消了。大康说学妹们一带了军帽，什么都看不到了，烈日炎炎，照得他快要中暑了。

自从暑假打工回来后，大康瘦了，身体虚了，他和蚊子说，感觉终于从地狱爬回了人间，于是要好好珍惜生活，享受生活，不能对不起自己。刚开学没多久，大康就买了几件像样的衣服，每天去校门外吃炒菜，不过打工的钱也经不起折腾，没几天，又跑回学校食堂了。

大二之后，专业分了就业方向，我和程晨几乎没有在一个教室上过课了，因为专业不同，各行其道。有时候觉得，或许我没那么喜欢她了，也不清楚是不是自己在安慰自己。

奶奶倒是其间来看过我一两次，提着大包小包吃的，叼着烟直冲上男生寝室，开门的时候，大康还光着身子，一看见是奶奶，赶紧躲到了厕所里，奶奶掐灭烟，把吃的往桌上一扔，说：“小兔崽子，老太太我猪肉都吃过了，还怕看见猪跑啊……”笑得蚊子前翻后仰。

一个月很快就过去了，大一军训结束后，马上迎来了学校七十年校庆，学校将举行一周的庆典活动，其实我依旧没有任何参加的兴趣，但是大康还是拉着我去了，他说，四年毕业之后，你至少庆幸你遇上了学校校庆，不然记忆一片空白就太不值得了。

后来想想，如果我那时候没有去，或许会后悔吧。

【程晨】

我从来不知道原来我们学校有这么多的人，当第三教学楼到文化广场全部站满了人时，我的头脑中第一时间想到了“人山人海”这个词。叶少修牵着我的手，在人群中穿梭，文化广场前是那些事业已成的优秀毕业生在讲话，其实校庆远不及这么简单。各大社团都在学校的角落搭好了帐篷，类似于游园会的样子，叶少修从一个摊位给我买了一支冰淇淋，然后笑着和我说他暑假的事情。其实和叶少修在一起我也挺开心的，他虽然大大咧咧，口无遮拦，甚至爱动用武力，但是他对我确实很好，总比张祥森要好。

至于上次张祥森的事情，我没有再在叶少修的面前提过。

“好像还是夏天的感觉，其实秋天已经悄然开始了。”叶少修挑起眉毛和我说。

“时间真的过得很快。”

“认识你那会儿还是个奶茶妹啊。”

“哼，歧视奶茶妹吗？”

“看起来，傻乎乎的……”

又是“傻乎乎”这个词，曾几何时，也有一个男生喜欢这样说我，那个叫靳海阔的家伙。

“我哪里傻了，啊，你说！”

“哪里都傻啊，眼睛啊，鼻子啊，嘴巴啊……”

“胡说！”

“你看，这里，这里，这里都傻……”

“喂……”我们两个人疯闹着突然撞到了一个穿白色连衣裙的女生，叶少修脸上的笑容一下就收敛了，“少修？”我注意到这个女生，披着长长的卷发，白皙的皮肤，眼睛水灵。我分明是听到她叫叶少修了，但叶少修却笑着拉着我走开了，我回头看见那个女生痴痴地望着我们。

“她刚才叫你呢？”

“听到了。”

“人家是大美女啊，你都不理别人。”

“我前女友……”

“啊……哦。”我是挺吃惊的，因为不管我从哪个角度看，都不像是叶少修钱包里那张照片上的女生，我又回头看了看，“她一直看着你呢。”

“让她看吧，我最讨厌这样的女人，前几天她被甩了，现在当然想起我了。”

“要不你和她和好吧……”

“胡说些什么啊？快点走吧，我带你去那边玩。”

叶少修拉着我一直往前奔，我知道他是为了摆脱那个女生。但是人实在太多了，逸夫楼下面那条路被挤得水泄不通。叶少修看人太多，决定先去吃午饭，然后再去逛。

其实我的心中一直想着刚才那个女孩脸上的表情，突然心里有些难受，就是在这个时候，那个女孩突然出现在我们面前。

“少修，你能听我解释吗？”她看了看我，又看了看叶少修。

我只感觉到叶少修抓住我的手更紧了，“你走吧，我不想看见你。”

“其实……”

“滚！别让我发火……”

我被发怒的叶少修吓到了，那女孩已经泪水盈眶，她咬了咬嘴唇，然后说：“叶少修，明明是你心中有着其他人，我才选择离开。”然后她看着我，“你以为叶少修喜欢你吗，其实你不过也是一个替身！”叶少修突然站起身来，空中划过一个弧度，我听见耳光响亮的声音。

“我叫你滚了！”

“叶少修，你个混蛋！”那个女孩捂着脸，跑出了饭店，接着周围的人都开始窃窃私语，叶少修不理，埋着头吃饭，而我一句话也不敢说。

“她刚才都是胡说的，别信她。”

“嗯……”

“吓到你了？”

“还好……我只是在想，你会不会有一天这样打我。”

“胡思乱想什么呢，当然不会。”

下午的时候，叶少修一直牵着我的手，但是我们俩都没有说话，逛得差不多的时候，已经快下午六点半了，我没有想到大家的热情还是那么高涨。再路过文化广场的时候，人还是特别多，而我低着头在想着刚才那个女生的话，突然不知道怎么了，人潮开始涌动起来，我只感觉到身边的人都拼命在挤，而叶少修的手也突然松开了。

“叶少修！”我在人群中大喊着，可是人太多了，我一眨眼就看不到他了。

“叶少修！”

人头攒动，熙熙攘攘，我和叶少修就这样被人潮冲散了。我拿出手机给他打电话，但现场太闹，他根本听不见，我有些茫然失措，就在这个时候，我看见了靳海阔，我没有丝毫犹豫就叫了他。

“靳海阔！靳海阔！”

他一转头便看见了我，“程晨？”

“还好看见你了……”

“你一个人在这里干吗啊，犯傻啊？”

“你才犯傻呢，我和……我朋友走丢了。”

“哦，我刚也和大康他们走散了，人太多了，听说是因为晚上要放烟花，他们都跑着去占位置呢。”

“啊，有烟花啊？”

“是啊，你想看吗？”

“想，但是现在去肯定没位置了。”

“其实，他们都以为三教楼顶是最好的地方，其实根本不知道，最好的地方才不是那里。”

“你知道？”

“没有什么是我靳海阔不知道的。”

“对啊，你是无敌超人么！”

是因为很长时间没有说话了吗，还是看见靳海阔，我心中的不安就会烟消云散了，我已经很久没有叫过他“无敌超人”了，但是当我叫出来的时候，我突然鼻子一酸。

“靳海阔！你是不是把我这个好朋友忘了啊？”

“我哪敢啊，不是听说你恋爱了么，不好打扰你么，哈哈。”

“肯定是把我忘了，暑假这么长，电话都没有打一个。”

“听说你和你男朋友去夏威夷旅游了啊，国际长途太贵了。”

“谁说的啊？”

“啊，难道我小道消息不准了？”

“去死！”

是只有和他才能够这样放心大胆地说话，也是只有和他，才可以毫无忌讳地开玩笑，如果……

“靳海阔，你是不是找女朋友了啊？”

“你都看不上我，谁还看得上啊……”

“我……喂，你什么意思啊！”

“看来你还没傻么，都说恋爱的人智商为零，看来也不准。”

明明是让人生气的话，从他嘴里说出来，我怎么就忍不住发笑呢？

“你知道哪里可以看到我们学校的全景吗？”

“不知道。”

“体育馆，哎，你和那群人一样缺少观察，所以啊，只有体育馆可以看到最漂亮的烟花。”

我跟着靳海阔一直往前走，渐渐脱离了那拥挤的人潮，看着远处逐步褪色的黄昏，我们俩被拉长的身影投射在冗长的校园路上。时间似乎没有让我们之间存在丝毫罅隙，他还是那个无敌超人，我还是那个无助少女，不管这样的想法有多矫情，我都觉得窝心。某些时候，我担心靳海阔再也不会和我说话了，或许两个人在各自的世界过着自己的生活。

“程晨，这些日子过得好吗？”

“挺好的。”

靳海阔双手抱住头，“看出来了，很幸福吧。”

“你呢？”我没有看他的眼睛，低着头问了句。

“估计快死咯……”

“说什么呢？”

“没人关心啊，自给自足，快走向生命尽头了。”

“没一点正经的。”

“哈哈，如果我死了怎么办？”

“平白无故的怎么会死啊？”

“会啊，也许哪天出门就出车祸了，或者走在宿舍楼下被花盆砸到头，或者哪天食堂的菜有问题一口就中毒，意外谁都说不清么……”

“胡扯，你死了啊，身边的人耳根子都清净些。”

“看来是想我死咯？”

“不过，我宁愿耳边闹哄哄的。”

“像苍蝇一样？”

“对，你就是死苍蝇，哈哈。”

暮色四合，我和靳海阔坐在体育馆台阶最高的位置，一时间，我还能感受到靳海阔的鼻息和体温，或许大家都去三教楼顶了，显得此刻的体育馆附近格外宁静。我侧脸看了看靳海阔，这么久没见，除了没有修剪的胡茬让他显得有点落拓，其他都一如当初，一旦笑起来，就像春风一样和煦。

“程晨……”

“嗯……”

“我……”

“怎么了？”

突然，“砰”的一声巨响，使得远处天台的所有人都抬起了头，烟花绽放在远处的悬挂的皓月边，接着硕大的金光银线都在天空中竞相散开，靳海阔的脸庞随着光影的更替而忽明忽暗。

“太漂亮了！”我不觉站起身来，指着远处的烟火。

“呜噢！”靳海阔在旁边一阵乱叫。

“靳海阔！”

“怎么了？突然叫我……”

“答应我一件事……”

“啥？不是要我以身相许吧？”

“答应我，以后不许不理我，超人不是应该随叫随到的吗？”

“可是，你现在不是有另一个天使守护你了吗？”

“答应我！”

“比起以身相许，这个容易多了么。”

“靳海阔是个混蛋。”

靳海阔瞪眼看了我，然后说：“声音不够大。”于是他双手作成喇叭，“听我的，靳——海——阔——是——个——混——蛋！”

“哪有自己骂自己的啊？”

“要不骂程晨是个混蛋？”

说完靳海阔就跑了，我追在他后面，笑着打他，谁知靳海阔突然停住了，我一下扑到了他背上，“干吗啊，害我差点摔倒。”靳海阔没有说话，我顺势看过去，发现叶少修正站在下面，眼神凝重地看着我。

“少修……”

我还没有开口叫他，他就冲上来，重重地给了靳海阔一拳，“喂！你干吗打他……”我死拽着他不放。

“别拉着我，放手！”叶少修气急败坏地冲着海阔大吼。

“叶少修，你误会了……”

“我误会了？程晨，你玩着真开心啊，我给你打了无数个电话，你都听不见！”

“我……”

“之前是那个张祥森，现在是他，你到底把我叶少修当什么！”

海阔站起身来，抹了抹嘴角的血迹，笑着走过来，“你是程晨男朋友吧，我叫靳海阔，刚才程晨和你走散了，路上遇见我，我就陪她聊聊天……”

“闭嘴！我不想看见你们，你们继续聊吧，我走就是！”

“叶少修……”

靳海阔推了推我，“快去追吧，我没事，如果遇到困难了，记得来找我。”

我含着泪水，朝着叶少修奔跑的方向追去，但是，我哪里追得上他呢？茫茫夜色中，我听见那些人观看烟花时的笑声与感叹，而我突然蹲下身来，忍不住痛哭。突然背后有人点了点我的肩膀，“少修！”转过头才看见是张祥森。今晚真是人生何处不相逢。

“怎么哭了？”

“没事……”我一边擦着眼泪，一边强颜欢笑地对着张祥森。

“找你男朋友？”

“我……”

“他在逸夫楼下，刚才我过来看见他了。”他的语气永远冷若冰霜。

“谢谢……”

叶少修果然在逸夫楼下面蹲着，叼着一根烟，越是靠近，脚步越是缓慢。叶少修抬头看见了我，没有要离开的意思。我慢慢走到他面前，其实我特别怕他沉默，总让我感觉是暴风雨前的宁静。

“程晨。”

他很少叫我名字，“嗯……”

“坐下来吧，我想和你说说话。”

“嗯，说吧。”

“和我在一起快乐吗？”

“还好……”

“快乐就是快乐，不快乐就是不快乐，没有还好不还好的，这样的回答是在敷衍我。”

“少修……”

“我和你在一起很快乐。程晨，你想听一个故事吗？”

“你讲吧。”

“从前，有一个小男孩特别喜欢一个小女孩，但是那时候小男孩不知道自己喜欢她，所以总是惹她生气，他们彼此互相喜欢着，直到那个男孩有了女朋友，才发现自己喜欢的人是那个女孩。”

“后来呢？”

“后来，后来那个女孩也有了男朋友，于是他们就此在各自的世界生活着。”

“那也不错，至少没有互相伤害。”

“但是，那个女孩似乎深深地爱上了那个男孩，于是她心里很难受。”

“最后他们在一起了吗？”

叶少修深深地吸了一口气，然后摸出口袋里的钱包，“给你看看这个……”他打开钱包翻出那张照片，“能发现什么吗？”

我看了很久，也不知道叶少修到底要说什么，这张照片我早就看过，“她就是那个女孩吗？”

“你真的看不出来吗？你笑起来的时候，和她特别像……”

“我？”

“所以，在我第一次看见你的时候，我以为她回来了。”

“少修……”

“我真傻，我明明知道只是自己骗自己，她根本不可能回来了。”

“她去了很远的地方吗？”

“是的。”

我很少看见叶少修这样深情地说话，璀璨的烟火在我们头顶盛放，我只是听叶少修讲故事，他讲了很久很久，讲到天空中的烟火已经消散，讲到所有人都回了寝室，但是他依旧享受着回忆，面带微笑地和我讲他的那个女孩，到最后，我看见他的眼角闪过一滴泪珠，而我早就泣不成声了。

【叶少修】

当我还挂着鼻涕，趿着大拖鞋满街跑的时候，我就认识她。她总是追在她妈妈后面，到我楼下二姑那里打酱油。每次和我撞见，就踩着我的大拖鞋，说："偷你老爸拖鞋穿，要被你老爸打。"我就朝她拍拍屁股，然后吐吐舌头。她妈妈总是叫她"佳佳"，那时候我还不知道是哪两个字，也不知道她姓什么。她妈妈不在的时候，我看见她踢毽子，就学着她妈妈的语气叫她："佳佳……"她走过来拧我耳朵，然后插着腰说："不许学我妈妈！"

"你是哪个佳啊？"

"凭什么告诉你啊？"

"一脸凶相，长大了，没人要你的。"

"我妈妈爸爸要。"

"就知道跟着妈妈爸爸，羞……"

我就看她涨红了小脸，然后指着我说："你烦人！"

"那我给你说我的名字，你给我说你的名字好不好？我叫叶少修，叶子的叶，少林寺的少，修行的修。"

"那不就是个和尚？哈哈哈。"

"你骂我，找打！"

"你打我，我就不给你说我的名字了。"

“那你说。”

“我叫徐佳，徐是徐徐炊烟的徐，佳是佳期如梦的佳。”

那时候她就会用很多成语，我一个都没听过，所以她讲完了我也不知道是什么字，可就当时的我听起来依然觉得很美。

“还是不知道什么佳。”

“大蠢驴。”

“你又骂我！”

“那你请我吃棒棒糖，我就写给你看。”

于是我花了五毛钱买了一个真知棒给她，她就捡起地上的小树枝在泥巴上写她的名字，“看到了吧。”

“人土土。”

“什么？”

“就是人土土啊，你的佳字。”

“你骂我！”

“这也算？你骂了我两次，我才一次。”

“我不管，你要再请我吃一个，不然我就去告诉你爸爸你偷穿他拖鞋。”

我是这样认识徐佳的，以两个真知棒换取了她的姓名。

上小学的时候，我和徐佳分到了一个班。我成绩非常不好，老师就安排徐佳坐我旁边，一是管着我上课不许调皮，二是顺便帮我辅导学习。徐佳画的三八线永远是她的位置多，我的位置少。我常常抱不平，她就学着小时候的语气说：“那你就考好点，让我早日脱离苦海，换一个人来和你同桌，这样就没人和你争了。”

“人土土，就知道欺负人，长大了嫁不出去。”

“叶和尚，你也好不到哪里去，你都是和尚了，早就没女生要你了。”

“你……”

“我什么我，谁叫你要给我取绰号，我跟你说，不准和别人讲我叫那个……”

“叫什么啊？”

“你刚刚说的那个……”

“不知道，你说说么……”

“啊！叶和尚！”她像发疯一样大叫我的名字，后来全班都叫我“和尚”，那时候还有发禁，所有的小男孩都是统一的平头，我就直接让理发师给我剃了光头，成了名副其实的“和尚”。

不知不觉就和徐佳同桌了六年。那时候我还不知道什么叫喜欢，只是恍恍惚惚觉得，和徐佳斗嘴是我每天生活中最开心的几件事情之一。六年来，我的数学永远是倒数第二，倒数第一是因为班上还有个傻子，而我的语文从来都在及格边缘徘徊，于是，我和徐佳注定分不开了。有时候徐佳会皱着眉头说：“叶和尚，你是真傻还是假傻，考了一套一模一样的题，你都及不了格，真是佩服你了。”

而那时候我唯一可以取笑徐佳的就是体育成绩，徐佳每次跑步都是最后一名，而我每次都是第一，不管长跑短跑，校运会上还破过几次纪录。徐佳说：“你的大脑都长到腿上去了，你就是个怪胎。”

我的成绩让我爸妈头痛得要命，每次成绩单下来被我爸看见，他都拿着鸡毛掸子追着我满街跑，撞见徐佳，就扯着她陪我，我爸每次一看见她了，就会收起鸡毛掸子，徐佳也会演戏一样帮我说几句好话，然后我爸就先回家了。徐佳说：“你要给我点东西贿赂我……”

我皱眉看着她，“你又要什么啊？”

“我要可爱多……”

那个年头徐佳已经不喜欢真知棒了，她喜欢上了可爱多，我就得花掉我一天的零花钱给她买一支可爱多。

小学毕业后，我爸拿了钱让我和徐佳上了同一所初中。当时郑伊健、陈小春主演的《古惑仔》正盛行天下，因为我在放牛班，每个男生都学着里面的角色带着一身痞气，时不时在学校后面的操场打群架。那时候我剃了寸头，看起来真的像个和尚，徐佳也越来越漂亮了。

她还是喜欢像小时候那样和我斗嘴，然后叫我“叶和尚”。

身边的几个兄弟看见了，就问我徐佳是不是我女朋友，那时候才初二，但身边已经有同学开始谈论自己喜欢的男孩女孩了，我赌气说：“谁要她那个恶女人啊，受罪……”徐佳也赌气说：“我才不喜欢这个臭和尚呢。”可当她开口这么说的时候，我心里居然莫名地难过起来。

不久之后，我有了心仪的女孩，是我们班的班花。

初中之后，学习的科目比小学多了太多，于是我不及格的科目也越来越多，老爸有时候在路口等我，我就躲到徐佳家门口去，徐佳开门看见我，就知道我又被我老爸追了。

这个时候，她又不喜欢吃可爱多了，会敲诈我请她吃一顿炸酱面，然后把我送回家，和我爸说几句好话，而那时候，我家里人已经开始筹备让我考体校了。

十二月的时候，徐佳过生日，请了一群我不认识的人，然后我夹杂在其中，那是初中时她最后一次过生日。吃过饭之后，我和徐佳爬到我家楼顶天台上看星星，我把准备了多时的礼物拿给了她，那是我第一次为女生买的礼物，一条鹅黄色的连衣裙，徐佳看了看，微微叹气。

“不喜欢啊？”

“叶和尚，我要搬家了……”

我一下子像泄气的皮球，之前从来没听她说过，“搬到哪里去啊？”

“建新西路，我姑妈的旧房子。我爸妈让我考二十三中，怕到时候要多交钱，所以得卖了这边的房子。”

“噢……”

“叶和尚，你能抱一抱我吗？”

“想占我便宜啊，先说，抱了我可不负责啊。”

“当送我额外的生日礼物吧。”

看着她水灵灵的大眼睛，我突然有点想哭，我抱着她，她的呼吸离我的耳朵那么近，末了，徐佳说：“叶和尚，我喜欢你……”

而我没有吱声，徐佳滚烫的眼泪落在我的肩上。

“叶和尚，你就不喜欢我吗？”

“徐佳……你知道的，我有女朋友了。”

“那你喜欢我吗？”

“我……”

“叶和尚，你真没劲！”

我一直以为，我和徐佳只是兄弟，彼此斗嘴却可以好到两个人穿同一条裤子，可是当她转身离开的时候，我突然想拉住她，留下她。我跟着追下去，漆黑一片的走廊，只听见徐佳仓促的奔跑声。徐佳终究还是跑不过我，我从背后抱住她。

“徐佳……”

“放开我，让我走。”她的声音如此安静，甚至没有一丝颤抖。

“让我说句话好吗？”

“我不想听！”她用手捂住耳朵，用力摇头。她狠狠地在我手上咬了一口，继续往楼下跑去。她回头恶狠狠地看着我说：“叶少修，我恨你！”

我的头脑中突然闪现着这些年徐佳和我在一起的点点滴滴，想起刚才徐佳的那句“我恨你”，好像用力拧了我的心一把，裂口了，微微疼痛着。在我心中，这么多年过去了，徐佳还是那个扎着两个小辫子，跟着妈妈打酱油的小女孩，而我从来没有想过，她也长大了。

“叶和尚，我喜欢你……”她说，“你就不喜欢我吗？”

喜欢，我怎么不喜欢呢，徐佳，你知道什么是喜欢吗？如果这一刻你看见我哭了，你看见我在满大街找你，叫你名字的时候，你知不知道我是喜欢着你的呢？如果上一刻，你可以安静下来听我说完那句话，那句“我喜欢你，我可以放弃现在的一切”，你还会走吗？

爱情或许就和言情剧里的台词一样烂俗，但是，我们都为这烂俗的感情困惑和追逐着。

徐佳走了，离开了我们一起生活了十五年的地方，而离开前留给我的最后一句话是“叶少修，我恨你”。

她从来没有叫过我的大名，第一次叫，却是充满了愤怒和嫌弃。

徐佳离开后，我考进了体校，每天都在橙黄色的田径场上奔跑。没有徐佳的日子，我发现再也无人叫我“叶和尚”。我遗漏的那句“我喜欢你”，之后说给了很多女孩听。在体校的女生大都不守规矩，成天和男生混在一起，翻墙出去泡吧，打架，上网。她们都说：“叶少修，你的心里没我。”

恋爱变成了一场游戏，身边的女生来来往往，喜欢你，然后抛弃你。

有段时间我做梦，梦见我和徐佳都还是孩童模样，徐佳在楼下跳橡皮筋，嘴里念叨着：“小皮球，香蕉皮，马兰开花二十一……”而我还趿着那双我爸的大拖鞋在后面笑她，但一转眼，徐佳就跳成了一个小姑娘，她冲着我喊：“叶和尚，你是大蠢驴……”

我终于又见到她了，她正抢着另一个男生碗里的炸酱面。

徐佳，你知道我在看着你吗？或许你根本看不到我吧，即使我就在你的面前，你也不愿意正眼看我。我知道你还在生气，也知道你在怪我。你和他就这样牵着手从我身边走过，我在犹豫我要不要追上去，可是我有什么理由追上去呢？

我知道，这样一点也不像我，软弱得像墙角的一摊烂泥。我真想给自己一个耳光，让我好好清醒一下，想清楚自己到底是谁，到底要干什么。

看着徐佳渐行渐远的背影，我难受得像万只蚂蚁在啃噬我的心。那一夜我一个人坐在寝室里喝酒，后来我才知道，“何以解忧，唯有杜康”这句话是曹操说来骗人的，我醉了，头重得抬不起来，但我却无法忘记我现在的烦恼，我在想她，那个扎着马尾，然后叫我“叶和尚”的女孩。她说她恨我，每一个字都铿锵有力，好像重锤一般重重地砸在我的心脏上，让我全身麻痹而剧痛。

我在路口等她，我知道她放学必过这里，我只是想好好和她说清楚，把我心里的话原原本本地告诉她。可是当她走过来的时候，我一下子就抱住了她。她努力挣脱，然后狠狠地在我手臂上咬了一口，而这一次，我无论如何也不会放她走了。有一瞬间，我知道，这一次她再也跑不掉了。徐佳狠狠地哭了，泪水落在我手臂的牙印上，好像开出了一朵朵的花。她啜泣着，“叶和尚，你是大蠢驴……”是的，我是大蠢驴，我蠢到和你在一起这么多年也不知道自己喜欢你，我蠢到当初就这么放你走掉，我蠢到让你哭让你不开心了。

“人土土，无论如何，这一次，我不准你走了……”

我一直以为徐佳只是我一个人的，单单只属于我一个，我们在破旧的筒子楼里度过了我们最好的时光。那时候的我以为自己可以强大到无所畏惧任何突然而来的灾难，只要我跑到徐佳的门前，和她站在一起，就变得所向披靡。不管是老爸的鸡毛掸子，还是老师的唠叨，这一切在我心中根本就不重要，我喜欢拉着徐佳一起跑，就像现在，我每晚可以装狗叫，让她下来，和我一起去吃夜宵，喝奶茶，做我们想做的事情。我们在巷子里抱在一起，我们什么也不做，只是安静地抱着，我没有像吻其他女生那样吻她，也没有要求过她做什么，因为她应该是被我捧在手心的人土土，我真担心一碰，就碎了。

徐佳说她不能和那个男生说分手，因为她不能伤害他，在她最难过最无助最需要人陪的时候，是那个男生在她身边。徐佳说这些话的时候，眼眸像是夜晚的星辰，格外闪亮，她直视着我的双眼，让我觉得诚恳而真挚，我点点头，然后她用双手捧起我的脸，“叶和尚，让你受苦了。”

或许是我太固执，或许是我太傻，不管怎样，徐佳在我心中还是那个在筒子楼里踩我拖鞋，帮我劝老爸的“人士土”，所以，我不能为难她，只要我知道，她喜欢的人是我，就可以了。

我在黑暗中看着她的脸，“让我照顾你吧……”

两个人在一起，最重要的是信任。这是两个人在一起的基础。

所以我无时无刻不信任她，虽然我们常常只有在夜里见面，但那些零碎的小快乐让我觉得自己很幸福。可当我和她牵着手远远看见我朋友的时候，徐佳的目光闪烁，松开了我的手。

“你？”小墩子疑惑地看着徐佳。

“你们认识？”

“她不是林涛的女朋友吗？”

“林涛？”我不知道小墩子说的谁，他认识的人很多，“小墩子你认错人了吧，他是我女朋友。”虽然我心里很没底，因为徐佳的表情暴露了她的内心。

“认错？她不是叫徐佳吗？”

我尽量沉重而平稳地呼吸着，掩饰着内心的颤抖，嘴角僵硬地笑着，徐佳低着头，然后直到我们渐渐走远，我突然停下来。其实我大可以什么都不问，继续装下去，但是徐佳不行，虽然只是侧脸，但是我看见了她闪烁的泪光。

我擦掉了她的眼泪，“乖，别哭了。”

“少修……”她很少这样叫我，一般只有她犯错的时候。

“行了，什么都别说。”我的心里有万千的针在刺，但是我不能让她解释，我怕，我怕她一开口，我就会失去她。

“你听我解释……”

“不必！”

“你心里在怪我是吗？你怀疑我是吗？”

“徐佳……你什么都别和我说，我不想听。”

“你已经讨厌我了，是不是？”

是的，徐佳，如果你什么都不说，我可以当做什么都没发生，但是你的眼泪让我觉得虚伪，好像你一哭就可以掩饰这一切了，你是要用眼泪来换得我的原谅吗，你要和我解释什么呢？他都知道你的名字，清楚说出你是谁，那你还要和我说什么？

“别哭了！”

“叶和尚……”

“你走吧……”

这一次，我没有留下她。我松开了她的手，别过头看着夜晚的霓虹灯，她擦着眼泪，什么话也没有说，就这样离开了。

长这么大我第一次发现，一个人心理上受伤会比身体上受伤痛更多。我突然害怕看见徐佳，于是在田径场训练到很晚，我想当一个人有其他事情来填充时间的时候，就可以把悲伤的部分匀出来。

那天，我在田径场的看台上喝酒，绿色的啤酒瓶肆意地乱成一堆。天快黑的时候，蒋婷走了过来，我知道她又来缠着我了。

“叶少修，你干吗喝这么多酒？”

“不用你管。”

“叶少修，我们和好吧，我求你，我还是很喜欢你的。”

我最讨厌的就是离开我又跑回来的女生，她哭泣的样子让我厌恶，但是我真的很难受，徐佳如果在这里就好了，这是我头脑中闪现的第一个念头。可是，就因为徐佳不在，我空荡荡的心需要人陪伴，我抱住蒋婷，我知道再没有像我这样可耻的人，我狠狠地吻了她，我头脑中想的却是徐佳。

那一夜我真的醉了，早上醒来的时候，蒋婷已经走了，我隐约记得走之前，她在床头吻了我，然后说：“叶少修，我真的很喜欢你。”

接下来的两个月，我总在人声鼎沸的校园路边偷偷地看着她，她和那个叫张祥森的家伙走在一起。我难受地希望她能看见我，但是她的笑容让我觉得我的想法真是傻得透顶。

我拉着蒋婷在我们常去的那家炸酱面店吃面，我学着她当初气我的样子，喂蒋婷吃面，我表面笑得很开心，笑到蒋婷吻了我的眼睛，但是徐佳，你知道吗，看见你微微皱眉的时候，我的心有一种被针刺伤的感觉。看着徐佳扭头离开，我才知道，我根本忘不了她。

有时候我神情恍惚地站在田径场上，发令枪开枪数秒后，我还没有起跑，结果老师把我骂得狗血淋头。

“叶少修，如果你一直是这个状态，考大学就完了！”

但我什么也听不进去。

我知道，如果我不去和徐佳说清楚，我的内心就平静不下来，根本做不了任何事情。

我看着你拐进巷子，就跟在你背后，你奔跑着想甩掉我，我就绕了其他道，我知道你跑不了。

“你还来找我干什么！”

“你是怕面对我是不是？今天，我只是想知道，我喜欢多年的人土土是不是一个到处勾搭男生的臭婊子。”

“叶少修，你骂我？”徐佳的眼神像利剑，我感觉到一种血液四溅的血腥味。“是，我是到处勾搭，我是一个滥情的婊子，你满意了吧，你满意了吧！”

徐佳的眼泪还没有流出来，我就抱住了她，“对不起，对不起，你当我什么都没说，什么都没问，我们别闹了好吗？”

“叶和尚，你走吧，我不是当年的那个人土土了。”

“你在我心中一直都是，我求你，别折磨我了，我们言归于好吧。”

徐佳只是沉默，她吸了吸鼻子，红红的眼睛看着我，只是笑。我发现，我越来越不了解她，此刻的她，过去的她，到底是不是一个人，她的表情让我困惑了。我知道我哭了，“人土土，不管我身边走过多少人，她们终究是你的替身。”

那夜，我送她回家，好像回到很多年前，我们放学一起回家的情景，路灯上永远有很多趋光的飞蛾，叫卖的小贩还在路边，烧烤摊生意正热。

到楼下的时候，徐佳死死地牵着我的手，“叶和尚，刚才那句话，你能再说一遍吗？”

“不管我身边走过多少人，她们终究是你的替身。”

“不是这一句，好吧，我替你说，我们言归于好吧。”

如果，时间只是停留在这个时候，就像童话最终的结局到王子公主幸福地在一起，那么一切就太美好了。但是就在我回宿舍的时候，蒋婷在楼下等着我，她说：“少修，我怀孕了。”她满脸幸福地看着我，然后攥着我的手，我想起就在半小时前，徐佳对我说的那句话。

“我们言归于好吧。”

六月的末尾，她最后一次来找我，我不知道，那就是与她的最后一面。她来找我的时候，蒋婷还在屋里，我们争执了一上午，我刚刚摔了酒瓶。我想我没有时间和徐佳解释，我需要调整一下自己的情绪，我准备带着徐佳出去，而徐佳摇头，她执着地看着我。

“叶和尚，你到底最喜欢的人是谁？”

我的头脑一片混乱，我不知道为什么她会问这个问题，而我还没有回答，她就离开了。

那是她留给我最后的背影，在一场瓢泼大雨中。

第二天，她就选择了以飞翔的姿势结束自己的生命。就这样，她离开了我。可她不知道，那一天我准备告诉她，蒋婷是骗我的，她一直都在骗我。

【程晨】

叶少修扭过头看我，他伸手擦掉我脸上的泪水，“别哭了，不应该给你讲这么伤感的故事。程晨，对不起，我……一直都在骗你。”

叶少修诚恳的语气让我很难受，虽然我一直只是替身，但我却没有怪他的意思，反倒是他的故事使我之前的困惑都释然，“叶少修，我们分手吧……”我脸上勉强地撑起微笑，“我们……算了吧。”

“程晨……”

“其实，我当初答应你，也是为了张祥森，到头来，我们都是为了心中喜欢的那个人而勉强在一起，我们……”

叶少修用手指捂住了我的嘴，“程晨，让我抱抱你，就一会儿，好吗？”

我点点头。

我感觉到这个高大的男生在拥抱我的那一刻，浑身都在颤抖，我知道，他哭了，我用手环住他的背，就像安抚一个孩子一样，“别……别哭了。”

“嗯，我答应你。程晨，我知道你喜欢张祥森，就从我看你看他的眼神。”

“你还讨厌他吗？”

“说实话，有点，因为，他曾经代替了我的位置，现在，可能又会再一次取代。”

“忘掉好吗，张祥森也是受害者。”

“程晨，今晚的星星很美。”

“这句话，你对徐佳说吧，或许她正在天上看着你。”

叶少修站起身来，望着满天星辰，“人土土，你听得到吗？”他对着天空大喊起来，“人土土，人土土……如果下辈子，下下辈子，下下下辈子，我还能遇到你，我绝对不放你走！”

多年后我想起那段回忆，或多或少会觉得叶少修矫情又幼稚，就像是没长大的小孩子，但那个时候，那样的氛围下，看着叶少修对着天空的表白，我突然很难过。叶少修拉起我来，“程晨，如果你真的喜欢张祥森，不要放弃。去告诉他，让他知道，你是真的喜欢他。”

“我……”

“答应我……”

“嗯。”

“过段时间，我就要跟着学校出去比赛了，可能，很久你都看不到我了。”

“会很久吗？”

“你会想我吗？”

“我想，应该会吧。”

“希望我回来的时候，能够听到你的好消息。”

谢谢你，叶少修。

【靳海阔】

我不知道后来程晨是否追到了叶少修，我也不知道我算不算做了错事。

我刚刚上楼推开寝室门，就听见大康嚷嚷的声音，“简直就是个泼妇，人那么多，我怎么就踩到她的脚后跟了，跟踩到猪的脚后跟一样，听见杀猪时候的猪叫。”

我瞅瞅蚊子，“怎么了？”蚊子还在上网和他女朋友聊天，“大康说刚才看烟花的时候，下楼人太多，不小心踩到了一个女生的脚后跟，然后两个人就吵了起来。”我笑着走过大康的座位，他还在义愤填膺地抱怨："我真想脱下我四十三码的鞋拍在她五十码的脸上。"

小孟问："有那么夸张吗？"

大康从来没对一个女生发这么大的火，"她就是抽象派的始祖！"

我打开一罐可乐递给大康，"行了，别人好歹是女生，过了就算了。"

大康愤懑地说："下次看见她，一定不放过她。"然后一口气喝了半罐可乐，打了一个嗝。

差不多快停电断网了，蚊子关了电脑转过身来，"咸鱼兄，你今晚到哪里风流快活去了？转眼就看不见你了。"

"遇上一个朋友。"

大康挑挑眉毛，"男朋友还是女朋友？"

"同学而已。"

"不是程晨吧？"蚊子突然瞪了瞪眼睛。

"是……"

蚊子突然跳起来，"哈哈哈，大康，五十块，你输了……"

我还没搞清怎么回事，大康就皱着眉说："靳海阔，你个不争气的，害我输了五十块，今天我真是倒霉透顶了！"

"你们把我当赌注了啊？"

大康赶紧坐过来，"别生气，我只是和蚊子说，靳海阔不是吃回头草的人，蚊子说你是一片痴心，其实我们都在帮你说好话，只是……"

"只是建立在赌注上是吧，罢了，我能成为你们开心的源泉也是我的魅力所在啊……"

"果然是靳咸鱼，哈哈！"蚊子拿着五十块哈哈大笑起来。

大康凑过脸来，“结果如何？”

“一起看了烟火……”

“好浪漫啊……”

“然后她被他男朋友带走了……”

“靠，程晨没反抗吗，她没说‘我就要和靳海阔在一起’这样的话吗？”

我估计只有蚊子这样和女朋友天天泡在电脑室一起看韩剧的人才想得出这样的台词，“哈，程晨估计没看过多少爱情剧，这样的台词以她的智商还想不到。”

“喂，靳海阔，你有点出息好吧，要么就跟大康当初一样，狠狠揍那人一顿，要么就甩甩手说，这小妞咱不要了，你这样算哪门子事儿啊？”

我无奈地笑笑，蚊子也觉得自己说得有些过火，大康拍了拍我的肩膀，“哥儿几个出去喝酒？”小孟看了看表，“等下学生会的人要过来查寝了。”大康“嗤嗤”了两声，没有说话，匆匆洗漱上了床。

蚊子拿起手机，说：“如果现在有3CM给你，你会加到哪里？”

“哈哈，你说呢？”

“啧啧……”我故意鄙视了一下大康。

“这又怎么了？这是生活必需。”大康一本正经地看着我，“说真的，靳海阔，像我们这样平凡的人，当然你比我好多了，我是指我们没有隔壁那小白脸张祥森那样的面容，也没有他那样的家世背景，甚至说来，我们到底不是圣人，然而大千世界，像我们这样的平凡人才是主力军，我们比他们更有权力拥有自己的幸福。”

“好吧，我就看看我的幸福之神何时降临吧。”

说笑间，我的手机铃声突兀地响了起来，大康笑着说：“看吧，来了……”

我没有理会，接起了电话，“喂，你好。”

就在我的笑容还没有消失的时候，我突然感觉到世界末日就在眼前。世上没有比靳咸鱼更倒霉的人，我确信。

出租车到达医院的时候，我径直跑上了住院部三楼。我一点都不喜欢医院这个地方，雪白的世界虽然给你一种圣诞节般的安详，但是刺鼻的消毒水气味始终像是厄运的化身。

3-12病房，医生刚刚为奶奶做完检查，然后和我走向门外。

“你是他孙子？”

“是的，我奶奶怎么样？”

“还好送得及时，像心脏病突发这样的状况，多耽误一刻都危险，刚才病危通知书都下了。”

“之前我奶奶身体看起来还很好。”

“像心脏病突发这样的，谁也说不准，你奶奶操劳过度，加上有抽烟的习惯，身体其实很虚。”

“那我奶奶她……”

“尽量让老人家心情好点，不过，要提前有心理准备。”

奶奶安静地躺在床上，看着我。这些年我都没有注意到奶奶脸上的褶皱有这么多了，她依旧是那份盛气凌人的小老太模样。

“靳海阔，不许哭，不管老太太我什么时候走，都不许哭。”

“没呢，奶奶，我在笑，你看。”

“靳海阔，如果奶奶走了，就剩下你一个人了，我枕头下面有个本，是我这些年的积蓄，都是留给你的。”

“奶奶，你走哪儿，我就跟着你呗，存折还是得放那儿。”

“胡说，这时候别和老太太我耍嘴皮子。”

“奶奶……你放心吧。”我必须强忍着，即使我的心里多么难受，我都不能在奶奶面前哭，我知道，只要我落泪了，支撑奶奶心中最后的那份霸气也会随之消失。

“靳海阔，如果，遇上喜欢的女孩子，不要因为自己担心害怕，就放弃了。人活在这个世上一辈子，如果不能干点疯狂的事儿，那真是扯淡的人生。”

“嗯……”

“你从小就是太懂事了，什么都不争，什么都不求，所以活得快活。也不知道是不是和我这个老太太待久了，让你变得有些老成。”

“老呗，老点没啥不好，女孩子都喜欢成熟的男人。”

“靳海阔……其实有件事……”

“奶奶，你别说了，我都知道，我什么都知道……”我突然有些哽咽，稍稍侧过脸，深深地吸了一口气。

“你知道？”

“奶奶，我就是你亲孙子，你什么都别说了。”

“你这臭小子，啥时候知道的？”

“你帮爸爸办后事的时候，我听见你和那个人说了。”

“那我就不瞒你了，当年我收养你老爸的时候，他才刚满月不久，那时候我没生育能力，也没男人要，所以有个孩子给我，也算是老天爷可怜我。我这臭脾气也是那时候养成的，要是不对别人凶点，你老爸就得让人欺负。我搬家之后，拿了以前隔壁三哥的照片骗你老爸说是他爸，早死了，他也一直不知道……”

“奶奶，我觉得亲情这东西，不一定非要和血缘有关，你把我从小拉扯大，没少受苦，你说不说，我都是你亲孙子……”

“靳海阔，我是想和你说，奶奶走了，你也不准让别人欺负你，听到没？不然我就半夜来吓你。”

我终究还是忍不住，两行热泪从眼眶滑下，奶奶叹了一口气，让我蹲下，帮我擦干了眼泪。奶奶的手还是和当初一样，那么温和。

“我是有点想儿子了，真想……”

“奶奶……”

“让我睡会儿，我累了。”

奶奶在三天后去世。

奶奶去世后，我向学校请了一周的假，带着奶奶的骨灰盒回了老家。奶奶生前说，她已经很久没有回过家了，如果她走了，就把她的骨灰撒进老家城口的那条河里。看着滚滚流动的河水，我好像看见那个叼着烟头的奶奶，回头和我说，靳海阔，我先去找你死鬼老爸去了。

第八章完

第九章 恒星的恒心

BGM：《恒星的恒心》——

沉默的银河系

因为你有意义

你要是落泪滴

世界就要下雨

【祥森】

很长一段时间，我都不知道应该如何去称呼她。“亲爱的”“老婆”“宝贝”之类的词，我一个也说不出口，我还是习惯叫她“程晨”。

我好像睡了很久，醒来的时候感觉到头剧烈地疼痛。在我睁开眼的一个瞬间，我拿起枕边的手机看了看时间，我想这个时候打电话过去不知道会不会打扰到她睡觉。

电话很快接通了，“喂，祥森？”

“嗯，是我。还没睡吗？”

“正准备睡，怎么突然打电话过来了，出了什么事吗？”

“没有，只是……想你了。”

“啊，难得听见你说这么肉麻的话。”

“对不起……”

“干吗道歉啊？”

“没事，以后我会经常说给你听的。”

“你，今天有点不正常。呵呵，不过我很开心。”

“亲爱的……”

“怎么了？”

“没事，呃，你早点睡吧。”

我收了线坐起身来，头脑中回荡着徐佳那本日记的内容，原来这么多年过去了，我还是没有放下那份感情，不然我不会有这么强烈的反应。我想起靳海阔对我说的话，想来，一份感情不是你放不放得下，而是你舍不舍得放下。我以为有些东西不去想，就叫作遗忘，现在才知道自己彻头彻尾地错了，置之不理而非消失，而是停留在那个角落等待你再次想起。

我想我不算一个好男人。

在我点燃万宝路，靠在窗边看着晨曦的微光时，我是这样想的。

这些年来，我一直不知道我对程晨的那份感情算不算爱，或者只是陪伴，我以为我这辈子最爱的人只有徐佳了，但是现在，当我发现自己活在欺骗与虚假的感情世界里时，我的心又倾向了程晨。这么说来，自己真是糟糕透了，又自私又无良。

如果靳海阔还在，他一定会拍拍我的肩膀说：“没有什么大不了的。”

没有什么大不了的，是的，就因为这句话，靳海阔，我突然有点想你。如果那个时候没有你和我说的那番话，或许就没有现在的我。

一支烟烧完，我推开卧室的门，妈妈正在做早餐。清晨的第一缕阳光照进来的时候，我突然发现，原来我也是有家的。

“森森，洗漱完了过来吃饭。”

“嗯。”

一时间，我突然发现她老了，不再是那个穿着晚礼服穿梭在会场的女人，谈吐之间淡却了商业化的口吻。我坐在桌前，看着她围着围裙走过来，“妈……”

“嗯？”

“过几天我就要回澳洲了。”

“嗯，我知道啊。”

“这次，你要不要和我一起过去？”

【海阔】

我正在床上睡得欢畅，梦里面大康正穿着日本武士装和蚊子决斗，程晨的电话打来得还真是时候。我迷迷糊糊拿起电话，也不知外面是天亮天黑。

“靳海阔，你还在睡啊……”

“嗯，怎么了？”

“你是猪啊，快点来‘阿哥阿弟’，就等你一个人了。”

我揉揉太阳穴，才突然想起来今天是大康请吃饭。难怪寝室已经空无一人了，我应声挂了电话，下床洗漱，看看时间已经临近中午了。

前往东门的路上，我突然发现学校越来越漂亮了，从老家回来之后，我的心突然比之前平静了很多。奶奶离开之后，我也很快重新投入了生活，其实我一点也不觉得我活在这个世上就是一个孤孤单单的人了，身边还有朋友，心里还有亲人，我还是一个精神富有者。说起来，真阿Q!

回校之后，寝室也发生了一系列的事情。

校庆完不久，小孟的老乡来找到他，说是手上有很多盗版碟，想找个人合伙做生意。小孟一下把存折里的大部分钱投进去了，然后和他老乡在校门口租了一个门面，大康为此把小孟大骂了一顿，说这摆明是亏本生意，现在寝室大部分人都有电脑，谁还跑去你那里看电影啊，可奇怪的是，小孟那家店开张之后，每天看碟的人络绎不绝。腼腆害羞的小孟一下成了大老板，每天晚上还给我们仨带烧仙草回来。

至于蚊子，为了一个小学妹和女朋友吵了一架，两个人的感情一夜之间变得摇摇欲坠岌岌可危。起因是一个小学妹来找蚊子借单车出行，蚊子的女朋友那天又非要蚊子骑着单车去逸夫楼接她下课，后来蚊子步行到逸夫楼的时候，他女朋友生气地扭头就走，被告知车借给学妹了，更是火冒三丈，两个人就在逸夫楼下狠狠地吵了一架，蚊子说，一个无法拥有爱心的女人不是他该爱的人。不管我和大康怎么劝解，他都不去道歉，后来那个小学妹知道了，亲自买了几斤水果去找到蚊子女朋友，事情才解决了。但是，事过之后，蚊子每天晚上的视频语音都取消了。

最幸福的还是大康，他恋爱了。虽然说来有些戏剧性，写出来都可以拿去做偶像剧的剧本了，但无论如何，大康终于遇到了他生命中的另一半。

那天我和大康下课去食堂，正巧碰上吃饭的高峰期，黑压压的人群，好不容易从中找到一个空位，大康端着饭盒叫我坐，我推给他坐，我们俩都在彼此客气的时候，一个女生索性坐了下来。大康瞪着那个女生大吼："你——"那女生斜着眼睛看了大康一眼，"是你啊，肥猪！"大康说她就是在校庆的会场上和他争执的那个女生，我越看越觉得眼熟，这时程晨走过来，我才想起这是她们寝室的魏兰。

程晨疑惑地看了看我，"怎么了？"

魏兰站起身来指着大康，"程晨，我上次说的就是这个肥猪，用他那猪蹄踩了我后跟。"

程晨看着我，我正准备开口，大康就接了上去，"我猪蹄？你还凤爪呢，你个泼妇，就你那后跟，我还嫌摁痛了我的脚，粗得跟砂布一样。赶紧让开，这是我和我兄弟先看好的座位。"

我和程晨面面相觑，魏兰又接了上来，“我……程晨，来，坐！我就不让，看他怎么办……”

程晨一脸尴尬，旁边吃饭的几个人都被吓跑了。魏兰拉了程晨坐在她旁边，大康就坐在魏兰另一边，然后两个人眉眼相对，像比赛一样吃着自己碗里的饭。程晨抽动着嘴角，“魏……魏兰，我有点不舒服……”魏兰嚼着米饭压低了声音说：“不准走！”大康就扯过我的衣角，由于力度过大，扯得有些变形，“靳海阔，过来坐啊，你愣在那里干吗！”

我坐下之后，看着碗里的饭突然失去了食欲，“我吃不下……”我和程晨几乎是异口同声说出这句话。

于是我和程晨憋屈地看着这对冤家吃完碗里的饭，大康一不小心打了一个嗝，魏兰就斜眼说：“果然是粗人……”谁知道，刚刚说完，自己也打了一个嗝，大康笑着说：“我以为细人有什么不同呢。”魏兰指着大康的鼻子，“你……”

“我什么我？打嗝声那么大，真是丢女生的脸。”

“你打嗝还和放屁一样呢，除了响，还臭气熏天！”

程晨想拉着魏兰走，但此刻魏兰就像是屹立不倒的雕像，死活不肯移动步子。我想打圆场，却始终插不进话。

“那你呢，一个女生，脸比屁股还大！”

“你……气死我了！”魏兰突然发现自己词穷，“不想和你争，程晨，我们走！和这种人近距离多待一秒都会窒息。”

程晨和我挥手告别，我看着大康气红的脸，拍着他的肩，才发现他浑身颤抖，“靳咸鱼，掐我一下，我好像还没回过神来……”

大康回来之后也没闲着，到寝室就四方打听魏兰的QQ号，然后化身白马王子与魏兰在虚拟世界狂侃。我说："大康，你不是看上魏兰了吧？"大康"啧啧"了两声，然后一边打字一边说："我怎么会看上她，说笑，我只是想以一个帅哥的身份和她聊天，让她爱上虚拟世界的我，之后告诉她真相，吓死她，哈哈，主意坏吧。"蚊子不以为然，跷着二郎腿说："怕是成了欢喜冤家。"

夜里程晨给我打电话，说魏兰像抽风一样，对着电脑屏幕笑个不停，饭也不吃了。我看看大康，发现这家伙泡女生还是有几招的。

大康一聊就成了神仙，三餐变一餐，他说他要减肥。

几天后，大康突然很沉重地说："其实，我觉得魏兰那女生也挺好的。"引起寝室一片哗然，大康赶紧说："我说她人不错，又没说怎么样。"

蚊子笑着说："从看不惯到认可，说明她在你心中的位置已经悄然改变了，大康，抓紧吧，你的第二春要来了！"

因为蚊子的一句话，大康彻夜未眠，早上起来的时候，两只眼睛的黑眼圈像是画了烟熏妆一样。他悄悄和我说："靳咸鱼，我想了一夜，如果现在她知道我是谁，肯定不会再理我了。"

"这是你自找的，引火上身，当初还说要甩掉别人呢，自己挖个坑往里跳了吧。"

"我……这不是犯难，才和你说啊。"

"真喜欢她？"

"嗯，应该是，如果哪天不在网上和她说说话，那天就感觉过不去。"

“讨好我吧，哈哈，无敌超人帮你解决问题！”

“要多少？我卡里就剩两百块了。”大康讪讪地说。

“大康你太可爱了，我真想亲你一口！”

“我对你没兴趣……”

我很快找到程晨，把事情的原委都说给她听了，程晨嗤嗤笑着，然后说：“原来是这样啊，我还以为最近魏兰中邪了呢。这几天魏兰也正犹豫呢，其实魏兰也喜欢他，不过她觉得网上的感情太虚无，怕自己被骗。”我想了想，决定安排他们见面，把事情都说清楚。

中午的时候，程晨把魏兰带到图书馆附近的咖啡厅，我和大康说好了，也带着他过去。刚刚进门，魏兰脸色就变了，“肥猪，怎么是你啊……”这次大康变得特温顺，“嗯，魏兰，你好。”装得跟乖孙子似的。

魏兰突然被他的态度吓到了，“你……你没发烧吧……”

大康笑着摇头，“今天你怎么说我，我都不会生气的。”

看着大康那别扭的样儿，我和程晨都捂着嘴偷笑。魏兰用手在大康眼前晃了晃，然后说：“你个白痴，长得像头猪，脸上还有火星坑，头发跟狗啃的一样……”大康还是笑，好像在打佳洁士广告。

魏兰这次真被吓到了，拉着程晨的手，说：“程晨，我们先走吧，这厮估计在蓄积能量，等下爆发了……”

大康突然开口说：“我就是‘风度翩翩’……”

魏兰笑着说：“我还‘君子谦谦’呢……”但突然意识到什么，表情变化七百二十度，“你说什么！你再说一遍……”

大康泰然自若地说：“我就是那个‘风度翩翩’。”

魏兰露出牙对大康笑了笑，然后起身，说：“我要去厕所……”

程晨瞪了魏兰一眼，“你干吗……”

魏兰差点跳起来，“赶紧，我要上厕所，我大姨妈来了……”

我被魏兰的话震撼到了，而大康依旧保持着他佳洁士的微笑，接着所有的人都把目光转向了我们桌，一秒后，魏兰和大康扭过头异口同声地吼了句：“看什么看啊……”

我深深感觉到，他们还真是天生一对。

魏兰那天和程晨走了，大康的笑容僵持着，看着他们离去的背影，大康依旧没合上嘴。

“兄弟，怎么了？”

“……”

“你别吓我，说句话试试……”

“我没死。”大康的声音气若游丝，只让我感觉到他的舌头在牙齿上摩擦。

“那你……”

“但我嘴合不上了……”

程晨告诉我，魏兰那天晚上喝了很多酒，然后开始在寝室耍酒疯，一会儿哭，一会儿笑。程晨担心魏兰出事，叫我和大康过去一趟，我刚和大康说起，他就穿着背心跑出去了。

关键时刻，我还真追不上那胖子。刚进女生寝室，就看见宿管阿姨坐在那里，“请问……”我还没说完，她就抬头看了我一眼，“你和刚才那胖子一路的？”我点点头，“他去407了，先说，别耽搁太久，你们这些孩子……”

听着这话，我就觉得委屈，这阿姨还是误会我了，大康是跑来追求他幸福来了，我来是为了兄弟媳妇，说到底我就是来陪衬的，结果还被误会来找女生的，真冤。

上楼之后发现魏兰果真是喝多了，她看着大康就骂：“你个骗子，骗子！欺骗老娘的感情，让老娘以为真的有一个白马王子来找我了，让老娘做了一个多星期的白日梦，你个死肥猪，最可恶的，是让我爱上了你！”

魏兰说出最后一句话的时候，我看到程晨寝室的另外两个人齐刷刷地看向大康，大康居然也会有不好意思的时候，“我……我也喜欢你……”他一边摸头一边笑着说。

“哇……”魏兰一下就哭起来，感觉是黄河决堤一般宏大，她趴在程晨身上，抽泣了一会儿，“你凭什么喜欢我？没钱没势没长相……”

“我……我会努力的，虽然我现在什么都没有，但是我知道，我喜欢你，我至少能让你开心，保证你不被别人欺负，总之，女人对男人最基本的需求，我都能满足！”

大康的最后一句又把大家都雷到了，魏兰本来就红彤彤的脸更加红了，我只感觉如此晴朗的天空会突然劈下一道闪电。

我和程晨就像看戏一样看着他们俩，其实，我们知道，魏兰心中早就接受了大康，只是，一个女生需要一个台阶下。

大康顺利恋爱了。

走在路上，我不经意地笑了。想想这些日子，总是欢喜中夹杂着苦涩，悲痛中随附着温馨。或许人生就是这样有喜有忧，才会众象万生。

到达“阿哥阿弟”饭店的时候，所有人都举起酒杯，“靳海阔，你来晚了，该罚！”程晨笑着说。

我点点头，两个寝室在一起吃饭，气氛真好。

【程晨】

当杯子里的啤酒相碰的瞬间，看着激起的泡沫，我差一点掉了眼泪。魏兰的手一直牵着大康，即使她站起来，也没有松开，我很羡慕她能够握紧自己的幸福。而我呢，摇头不想了，一口气干了这杯酒。

散场的时候，我和靳海阔走在一起，他双手抱着头，我们都走得很慢。

“靳海阔，大二很快就要过去了，转眼间，我们就大三了……”

“好像遇见你，就像刚发生不久一样，你的‘身份证书签’，哈哈。”

“那时候，真是谢谢你呢，因为我不是本地的，如果身份证遗失的话，我还得回家补办。”

“要谢，就谢缘分吧。”

我不知道怎么应答靳海阔的这句话，只是冲他笑了笑，“时间过得太快就让我感觉好像什么事情都没做一样。”

“程晨，你有没有特别想去的地方？”

“特别想去的地方？”

“我爸爸每去一个城市，都会给我寄他在当地旅游的照片回来。

我爸爸去世的那年寄回来的最后一张照片是他在墨尔本拍的，那是我见过最漂亮的地方，好像一座巨型花园，如果有生之年，我能够去一次，那也无憾了。”

“说得好像你快要死了一样。”

“人怎么能决定自己什么时候死呢，如果每个人都能够提早知道自己的死亡日期就好了，这样就可以在那天到来之前，把自己想做的事情都做一遍。”

“靳海阔，这话不像你说的。”

“哈哈，我胡扯的。”靳海阔说着摸摸头发，“程晨，下周六是你生日吧。”

“啊！你怎么知道的？”

“你忘记我看过你身份证吗？”

“对啊，所以，你要送我一份大礼，可是我二十岁生日哦！”

“嗯，一定！”

靳海阔不说，我都忘记了，原来我已经二十岁了。以前看过一个作家的书，他在上面写，人的一生前期是在慢慢地适应时间，于是摸索中只想让时间过快些，而后期则是惧怕时间，因为一旦了解，就会发现时间和光一样，转瞬即逝。其实靳海阔说得一点都没错，如果我们可以预计自己死亡的时间，就可以抓紧时间做自己心中所想的事情。

那天我的心很平静，就和往常去图书馆时一样，我慢慢地走到男生宿舍楼下，我说：“靳海阔，你上去吧，我再待会儿。”靳海阔点点头，然后转身笑着离开了。

我拿出电话，没有犹豫地拨了他的电话号码。

“喂，张祥森……”

“嗯？怎么了？”

“你到宿舍楼下来，我想和你说点事。”

“噢。”

我好像已经习惯了他的语气，甚至可以想象电话那头他脸上的表情，他从楼上下来，白衬衫，黑裤子，短短的头发看起来特别清爽，脸上永远有着难以融化的冰雪，却在眉宇之间透着王者气质。

“张祥森，这边！”

“嗯。”

“我喜欢你！”

这一次，我毫无畏惧地说了出来，或许我不是要向他表白，只是表达出我心中的想法而已。这一次，张祥森没有眉头紧锁，而是很释然地笑了笑，“这件事，我知道。”

“不，你不知道。你只是知道我喜欢你，你不知道我每天夜里都想给你打电话，你不知道我常常跟在你后面用手机拍照，你不知道我在篮球赛上看见你受伤差点哭出来，你不知道我每天和寝室的人说话，十句里九句离不开你，你不知道……”

“你不用说了，我都知道。”

“你怎么知道？”

“好了，然后呢，你和我说这些，是为了什么？”

“我今天是来告诉你，不管你怎么对我，嫌弃我也好，背弃我也好，不理我也好，甚至打骂我也好，这一次我不会再轻易放弃了，我要你知道有一天你也会喜欢我的。”

“不可能。”

“没有什么不可能的！”我的态度很强硬，我的语气很坚定。

张祥森双手插在怀里，没有动容地看着我，“好像你的状态又回来了，比起前段时间沉闷的你，现在更像你。”

“我和叶少修分手了。”

“嗯，我知道。”

“你知道什么，不要装作一副什么都知道的样子好不好！”

“靳海阔都和我说了……”

“他……啊，烦死了，他怎么能先我一步告诉你！”

“因为，他……”

“我不管，张祥森，大学四年我认定你了，毕业了我也要追着你跑，你去哪里，我就去哪里……”

“小强。”

我朝他挑了挑眉，然后转身，我想起下个星期的生日，“对了！下个星期六是我生日，你得来，要送礼！”这一次我没有等他回答，就跑开了。

真是太爽了，当我把心里的话全部说出来的时候，我只感觉酣畅淋漓，而不是尴尬。我突然对自己有了信心。

夜里，魏兰和大康约会总是很晚回来，卢菲菲依旧沉静在她的书海里，乔爽研究着美容杂志和瘦身方法，而我只是窝在床上傻笑。乔爽抬起头看我，“程晨，你怎么了？”

“没事，别管我……”

“我怕你笑岔气。”

“没事，别管我……”

“你……”

“没事，别管我……”

我可真开心啊，因为张祥森给我发信息了，他说他会来，问我喜欢什么样的礼物。我能不笑么，就算岔气也值得。魏兰是这个时候回来的，整个人都像是沉静在幸福里的小女人，走路都变得婀娜。魏兰突然笑起来，我也跟着笑。

卢菲菲走进寝室的一句话就是：“乔爽，这两个女人怎么了？”乔爽说：“别管她们……”

魏兰睡觉的时候蹬了我一脚，“小妹，你咋了，恋爱了？”

“姐姐，我可没你那么幸福。”

“那你看你嘴都笑抽筋了，中彩票了？中了可得先请我们吃饭，然后拉着我们去游地球一圈。”

“没，哈哈。”

“哟，我看你比我还开心。”

“我睡觉了。”

“不准睡，说说，怎么了？”

“没怎么，别管我。”

“你……”

“哈哈哈……”

我给张祥森说我喜欢他，他说没有那么大的包装纸。

【祥森】

或许那是再平常不过的一天，我还在思考到底应该送什么给一个女生作为生日礼物，思绪打结，老师刚分析完市场调查的时候，手机突然响了起来。

“喂……”

“森森，我是妈妈，今天你能回家来一趟吗？”

“怎么了？”

“你回来再说吧。”

我已经很久没有推开过那扇门了，那个像旅馆一样的家。我走进去的时候，房间安静得让我很压抑。爸爸妈妈坐在沙发上，热茶已经冷却了一半。两个人都是一脸疲惫的样子，中间留出了我坐的位置。

“森森，过来。”

我的心里突然有些难受，我知道绝对不是什么好事情。

妈妈深吸了一口气，然后说：“森森，你已经二十岁了，有些事情，我们觉得应该告诉你。”我点点头，妈妈继续说：“你爸的公司破产了，当然你不用担心钱，因为我们早给你留了一笔，只是，我和你爸……决定分开……”

“为什么？”

“森森，你爸爸他已经不爱我了，我们在一起很勉强，之前一直是为了生意上的事情，才勉强地在一起，现在已经没有必要了。”

“呵，你们真有意思。为了生意而勉强感情，这是我听过最滑稽的理由。”

如果，如果他们说是为了我和这个家，或许我现在已经抱着妈妈号啕大哭，但是这个理由只是让我发笑，让我难堪，让我觉得自己的存在永远敌不过那些利益。

“森森！我知道，你现在或许很难接受，但是，这是事实，以后你也有自己的生活……”

“爸，妈，我突然很想问你们一个问题，这些年来，你把我当过你们的孩子吗？”

“你在说什么！你怎么会这样问呢？”老爸气急败坏地拍了拍桌子。

“因为，我丝毫感觉不到爱，我活在这个家，除了面对这些毫无生气的华丽家具和那些冰冷的电器外，我还有什么？”

“我们很忙，你又不是不知道……”他的语气就和平常教育下属一样，没有丝毫让人亲近的感觉。

“忙永远都是你们的借口！我根本不是你们亲生的对不对？”

“啪”。

老爸重重地甩了我一耳光，“你这是说的什么话？”

“我说错了吗？二十年来，除了钱，你们还给过我什么，我根本不期望这些优渥的条件，你们连父母最基本的要求都没有做到，我怀疑有错吗？”

“森森，你这样说，妈妈很难受。”

“散吧，反正这个家的存在也没有什么意义，你们爱怎么样怎么样吧，我要回学校了。”

“森森……”

我没有听他们后面说了什么，我只是重重地关上了那扇门，然后快步下楼，我的心里很复杂。靳海阔说，每个人都有获得爱的权利，为什么我的父母不给我呢？每每看见那些蹒跚学步的孩子被父母牵着，我就想到我从小都是被保姆带大的，他们真的有亲近过我吗，在满满当当的相册里，我居然找不到一张全家人一起拍过的照片。我此刻的难过并不是他们要拆散这个家，而是他们从来未对这个家努力过，他们的钱可以装点这个家的外表，却永远改变不了内核的空缺。

我难过的是，他们永远不懂我，却依旧自以为是地认可自己的做法。

世界真是糟糕透了，蠢透了！

【海阔】

这是程晨二十岁的生日，也是我二十岁的生日，不过我没有告诉她。其实我不大爱过生日，因为每次看见蜡烛被吹灭的时候，我就感觉我离死亡又近了一步。

程晨微笑着和每一个人说话，但我看出来她其实并不太开心，因为整桌人缺了张祥森。我打电话过去，语音提示对方关机，这个关键时刻，不知道他是不是要给她惊喜。但是随着时间一分一秒地过去，空缺的位置依旧没有填补，程晨站起身来，“大家开动吧，别等了。”

如果在场的人够仔细，会留意到程晨的眼角闪着泪光，当然，大家都已经饥肠辘辘，满桌的美食已经抢走了他们的注意力。

“程晨，点蜡烛吧，先许愿……”魏兰转身用刀子割开蛋糕盒上的彩带，然后揭开盖子，“大康，打火机拿来，点两根蜡烛。我们的程晨也是大姑娘咯……”

我就这样看着她双手合十地对着蛋糕，默默地唱着生日快乐歌。

生日快乐。

这句话也对我自己说。如果能有三个愿望，我希望第一个是程晨能够幸福，第二个是我能够多陪她一些时间，最后一个是能够活下来。可是，我知道，我的愿望太贪婪了，根本不可能实现，所以在程晨吹熄蜡烛的那一秒，我重新许了愿。

第一个，张祥森很快就会来。

第二个，他会答应和程晨在一起。

第三个，程晨会永远幸福。

如果老天爷还可怜我这个马上要离开世界的人，就答应我这三个愿望吧，其实我真的没有什么追求，如果你要把我带走，就让这三个愿望实现吧。

然而张祥森终究没有来。

生日宴结束的时候，所有人纷纷送上了礼物，我帮程晨收拾好装进袋里，程晨依旧笑着说：“靳海阔，不要以为我忘了哦，你还没送……”

“等下给你吧，等他们都走了……”

“这么神秘啊？”

“是怕太寒碜。”

我静静地走在程晨的旁边，今天的她格外漂亮，雪白的上衣加一个黑色小坎肩，头发卷得很自然。程晨突然停住了脚步，“好啦，大家都走了，我的生日礼物呢？”

“呃，这个，给你。”

“这是什么啊？”

那是一张我自己用纸画的卡片，找了美术系的朋友帮忙设计了下，“给程晨的专属礼物。”

“这是什么东西啊？”

其实浪漫的事情我不会，但是我想了很久也想不出一个特别而有意义的礼物，若不是想到生日蜡烛点燃时有三个愿望，我也不会煞费苦心去鼓捣这张卡片。

“这张卡片可以许三个愿望，只要我能做到的，你都可以许，但是只有三次……”

程晨歪着脑袋看着我，“这么少啊？！那我第一个愿望，就是再要一张这个卡！”

程晨，如果可以，我愿意给你一千张，一万张，但是，我担心的是我还没有完成卡片上的愿望，我就已经不在了。

“太贪心的话，三个愿望都会落空的！”

“好吧，靳海阔，你现在就讲一个笑话逗我笑，一定要让我把肚子笑痛！”

“有一个太监……”

“下面呢？”

“没了……”

“不好笑！”

“有一个人跳楼了……”

“然后呢？”

“完了。”

“靳海阔，不好笑，不好笑！”程晨的眼泪突然从眼角滑落下来，“为什么我一点都不开心？”

“程晨，你别哭，别哭……”

“靳海阔，我要用第二个愿望，你带我去找到张祥森，你要陪着我，不管怎么样，都不许走。”

“好，我答应你。”

我带着程晨混进了男生宿舍，泪水把她脸上的妆弄花了，我知道，她今天打扮得这么漂亮都是为了给张祥森看的，所以在她换下这身衣服之前，一定要让张祥森看一眼自己。但我没有想到，张祥森真的是忘记了程晨的生日，喝得烂醉如泥，躺在床上。程晨也不在乎张祥森寝室的人光着膀子，就冲了进去拉起张祥森，“起来，起来……”

“干什么？”张祥森迷迷糊糊地看着像天使一样的程晨，“你怎么来了？”

“今天我生日！你答应送我礼物的，礼物呢，礼物呢？”

张祥森按着太阳穴，看着程晨，“抱歉，我忘了。”

“我不管，我不管！”程晨拉着张祥森的手，泪水落在他的手指上，好像可以开出一朵花。

“程晨，对不起……”

“我讨厌你！”程晨甩开他的手，擦着眼泪跑下了楼。

我走到张祥森面前，“你怎么了？怎么把自己喝成这个样子？”

“没事……”

“她今天生日，你不应该这么对她，你知道她为了你，今天准备了多久吗？”

"对不起。"

"你不该对我说，张祥森，不管你遇到了什么，都不应该影响你所处的另一件事，这样才像你。"我拉起他，"你到底怎么了？"

我和张祥森在寝室的走廊里对峙着，张祥森靠在墙上，看着我，"我心里很乱，靳海阔，你知道吗，有时候我觉得这个世界就只有我一个人，孤孤单单的，没有人爱我，你懂吗？"

"是你看不到爱！"我突然吼出声来，"没有人是永远孤单的。如果你现在是孤单的，未来一定有一个爱你的人在等着你，你看不到程晨对你的爱吗？"

"我不知道……我爸妈离婚了，从小到大，我都不知道爱是什么，曾经我以为我得到了一份爱，但是最后那份爱也消失了。"

"张祥森，这个世界上比你凄惨的人不知道多到哪里去了，我从小到大都没有父母陪在身边，我奶奶也过世了，但是我依然爱这个世界，因为我觉得我不孤单，哪怕身边已经没有人陪伴了，但我心中还有自己陪着自己，我还有天，还有地，还有空气，虽然你是王子，我是咸鱼，我也一点不觉得自己比你差到哪里！"

我不能哭，我知道我不能哭。

"靳海阔，你……"

"张祥森，没有人会抛弃你，只有自己抛弃自己。什么爱不爱的，大男人就别矫情！"

张祥森整理了一下自己的情绪，缓缓坐起身来，看着我，说："知道吗，我注意到你的第一件事就是，你对自己非常确定，在你这个年龄，怎么做到对所有事情都那么确定呢？"

我浅浅一笑，"一个一开始就知道自己人生结局的人，不都应该这样吗？”

“结局？”

“人一生没有多少时间，快乐就好。”我拍了拍张祥森的肩膀，“像程晨这样的好女孩，真的不多。快去追吧，她肯定等着你的，其实，你也有些喜欢她了，不是吗？”

“靳海阔……”

“去吧，她肯定没跑多远。”

我从窗台望下去，看着张祥森奔跑的背影。我看见他追上去叫住了程晨，然后程晨扑向了他的怀里。多么美好的一幕啊，程晨，你要幸福，你要幸福，不管如何，我都在身后默默地祝福你。

王子和公主终于在一起了，那么，咸鱼，你该退场了。

靳海阔，你不能哭，不准哭，你要知道你这样没出息，奶奶不会放过你的！

【程晨】

如果那一刻，我真的离开了，而不是挂着眼泪在楼下蹲着，或许结局又会不一样吧。说实话，我没有料到张祥森会追下来，我以为我就是一个供路人观赏的小丑，哭够了就回去，我总不能在自己生日这天满脸泪花地让魏兰她们担心吧。

张祥森就是这个时候追下来的，我一看见他就准备起身逃跑，他吼着我的名字，我一紧张，崴了脚。

“程晨！”

“干什么……”我转过头，看着神色匆匆的张祥森。

“对不起。”

“我不爱听这个，我要我的礼物！”

“别任性。”

张祥森皱眉了，他说这句话的时候我一下住了嘴，我傻傻地望着他，突然想起我为什么要听他的话呢。“你凭什么管我。”

“我……”他哽咽了一下，“我没买到可以包装自己的包装纸……”

我终于忍不住了，我的脚很痛，但是我还是扑了过去，我要抓住这一秒，抱紧他。

“张祥森！你干吗非要在这天惹我生气，你这个人怎么这么讨厌？！”

“以后，不会了，好吗？”他轻轻地抬起手，擦掉了我眼角的泪水。

这是我二十岁的生日，我知道这一次，我抓住了他。这个眉宇清秀，冷面如霜的少年，我知道他的心里有我。

第九章完

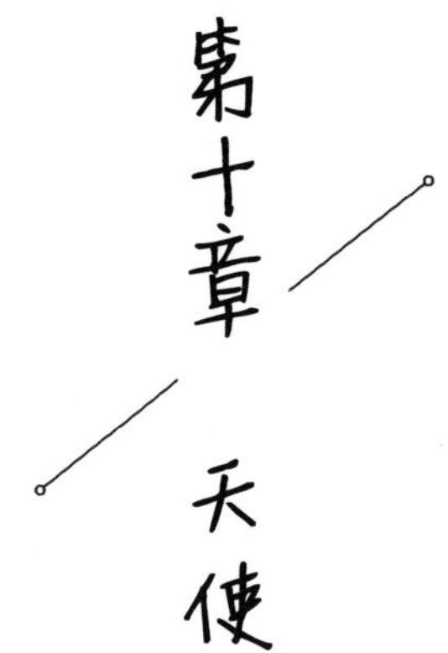

第十章 天使

BGM：《天使》——

像诗人　依赖着月亮

像海豚　依赖海洋

你是天使

你是我最初和最后的天堂

【程晨】

周末的时候，Lucky拉着我去见了那个女孩，三个人在一家小餐厅吃牛排。女孩远比照片上的模样好看，微笑的时候有两个迷人的酒窝。她很大方，学着Lucky的腔调用汉语和我交谈，因为生硬反而显得可爱。Lucky一直害羞地低着头，偶尔搭上几句话，最后桌上倒成了我和那女孩的下午茶时间。她的笑容带着天然的质朴，介绍自己的时候首先是笑着挥手，“I'm Shary”说得尤为动听。

Shary聊到自己的爱好就特别激动，她说她很想漂洋过海去一次中国，那里有她向往已久的长城和故宫，她穿着旗袍走在宫廷之间，觉得自己好像要穿越成连续剧里的格格。她把手机里的照片翻给我看，那是她之前旅行过的地方。这时Lucky突然说：“我能陪你一起去吗？”我看着Lucky诚恳的双眼，Shary皱了皱眉，突然笑着点头，“Sure，why not？”Lucky很开心地笑了，在我眼中，他们就像两个孩子，或者说，更像四五年前的我们。

那是大三快要结束的夜晚，我从图书馆出来，看见在门口骑着单车等我的祥森。我拿着书本故意慢慢地走到他面前，他不发火，只是皱着眉，“下次能快点吗？”

我驾轻就熟地坐到他的后座上，“不能。”我说得有些斩钉截铁，自从和祥森恋爱之后，我开始变得有些嚣张。

他无奈地摇摇头，然后开始蹬单车。

校园的夜景总是很美，看着下课时分三三两两的学弟学妹从教学楼里一涌而出，男生商量着游戏里的装备，女生商量着偶像剧的剧情，几对情侣牵着手慢慢走在人群的后面，而这一切都像是快速翻动的胶卷，在祥森载着我快速飞驰的情况下变成消散的流星。

到达十一舍寝室门口的时候，祥森看着我说：“明天我要去办公室整理档案，可能不能陪你吃饭了。”

“什么时候？”

“上午三四节课，估计整理完已经超过一点了。”

“那我陪你……”我说出这句话的时候，看了看祥森的眼神，我知道多半他会拒绝，于是我又加上了后半句，“可不可以？”

“为什么不可以？”

我“扑哧”一下笑了出来。

“你笑什么？”

“没什么，只是觉得最近你没以前那么冷了。”

“或许吧……”

这时旁边有一对情侣正缠绵地抱在一起，我斜眼看了看，脸唰地一下红了。我低着头准备上楼，他突然喊住了我。

“程晨……”

“干吗？”

“你过来……”

我害羞地走到他面前，那一秒我感觉心跳快要停止了。

“你东西拿掉了。”说着，从单车前的载物框里把书递给我。

“呃。”一下子心里凉了一大半。

突然他抱着我，轻轻吻了我的额头，“好了，上去吧。”

那天真是凑巧路灯坏了，不然他一定看到我满脸红霞有多么灿烂。

上楼的时候，我习惯性地给靳海阔打了个电话，自从大三之后，靳海阔就开始准备他的公务员之路，我很久不见他，依旧会选择夜晚的时候给他打个电话聊聊天。

“无敌超人，睡了没？”

“呵呵，还没呢，怎么听起来这么开心？”

“这都被你听出来了？”

“那是，是不是张祥森吻你了？”

“啊，不要这么色情！”

“这都色情啊，小姐，你早就到了适婚年龄了。”

“不和你说这个了，魏兰说周五去附近的西山玩，一起去吧。”

“周五？有课吧。”

“少来，你们从周三开始就没课了，我可是知道得清清楚楚。”

“大康把底细都卖了，哎，头痛啊，哈哈。”

“那是，有我们魏兰在，你们寝室的底细我们都知道得一清二楚。”

“大康那个妖孽。”

“哈哈，别这么说。”

“你们玩就好嘛，找我去当电灯泡不是最可恶的，可恶的是你们要在我面前晒甜蜜，那我还真受不了。”

“哎呀，一起去嘛，你也快点找个女朋友啊，我都替你着急。”

“有什么好着急的，咳咳……”

“你怎么又感冒了啊，一年四季，咳嗽声没有断过。”

“肺癌啊，没办法。”

“啧啧，不想和你贫，吃点感冒药吧，周末一起去，说定了，你把小孟也叫上吧。”

“好吧。”

我与祥森恋爱之后，我发现他开始在慢慢转变，过去的他是绝对不会随意答应我的要求，绝大多数更是冷言冷语直接拒绝，而现在，他偶尔会听取我的意见，并尊重我的决定。

有时候，心平气和地想，他是不是把我当作了徐佳，那个被叶少修和他同时爱过的女孩，虽然我还没有来得及认识她，她就已经离开人世，但从叶少修钱包里的照片看来，她确实是一个讨喜的女孩。这样的困惑让我很长时间陷入沉思，而这个秘密，我只告诉了靳海阔。

这个享受秘密的人不是魏兰，不是卢菲菲，也不是乔爽，而是靳海阔。

当我坐在昏黄的街头和靳海阔说完这个长长的故事的时候，靳海阔只是递给我一杯奶茶，然后笑着说：“你是现在的你，未来的你，而永远不会是过去的徐佳。”

那时我真想靠着靳海阔的肩膀，好好哭一场，只有他在我面前，我才可以完全释放那个心里面真正的自己，靳海阔说得没错，我不是徐佳，张祥森总有一天会发现，我是程晨，不是徐佳，我有我的个性，我有我的想法，我不可能是复刻过去的那个女孩，我也无法成为她的替身，我要做的，就是做好自己，让张祥森喜欢上我。

当我推开寝室门的时候，魏兰给了我一个大大的熊抱，“亲爱的，我想死你了。”

“亲爱的，我也想你……”

“于是，我的鸭脖呢？”

魏兰叫我回寝室前去东门买两袋鸭脖，可是，因为张祥森来接我，我一下忘记了。

“亲爱的，鸭脖在……”

“在哪里？”

“在店里。”

“……”

我知道接下来会面临什么了。

【海阔】

大三的这一年里，我知道每个人都过得很开心，包括我。

不论是大康和魏兰，还是蚊子和他女朋友，当然还有程晨和张祥森，看着他们各自在自己的世界里微笑，我突然觉得很暖心。虽然我很不幸地常常伴随他们身边当电灯泡，可是，我一点也不觉得孤单，魏兰常常说：“靳咸鱼，在场的男的女的，你都可以挑，只要你喜欢。”然后我就笑了，我喜欢大家在一起的那种氛围，就和一家人一样。

不过，时间久了，我还是有些想我爸妈，想奶奶，想着我那个孤孤单单却很温暖的家了。

我做了很长一个梦，梦里还是我很小的时候，爸爸还没有背上行囊去世界各地旅行，妈妈也没有为生意上的事情奔波，奶奶还是那个强悍的小老太，我们还住在那个破旧的筒子楼里。梦里的每个人都对我笑，爸爸和妈妈抱着我，电视里还在演《熊猫京京》，奶奶叼着一根烟，指责楼上的那户人家晚上睡得太晚了，影响到了我的休息，而我好像只是一动不动地看着他们。

再后来，爸爸突然不见了，妈妈也消失了，奶奶抱着我看着远方的天空，她不说话。梦里的栀子花开得正好，转眼我就长大了，爸爸寄来很多很多的照片，奶奶每次都半夜悄悄躲在房间里看，一边看一边骂，骂完了就流几滴泪，然后第二天把照片给我，叫我收好。

我的房间里，雪白的墙上铺满了爸爸的笑，每天他都好像在对我说话一样，他说，儿子快快长大，跟着爸爸一起到处看看，这个世界如此美好，不是吗？

我推开卧室的门，整个房间瞬间变得空荡荡的，我知道奶奶走了，我抱着奶奶喜欢的那个枕头，上面还有檀香的味道，耳边回荡的是奶奶那句：“靳海阔，你要给我争气！”

等我醒来的时候，我发现枕头被泪水浸湿了，这还是头一回，我做梦会哭。

我不禁微微咳嗽起来，已经持续很长一段时间了，这一次似乎不同于以往，我一咳嗽总感觉肺快要撕裂了一样，我已经很长时间没有去医院检查了，自从奶奶去世之后，那类似于例行公事的检查就被我自己取消掉了，不过我自己有预感，或许该来的总要来了。

早上在食堂遇见张祥森，他冲我笑了笑，然后坐在我旁边。我突然猛烈地咳嗽起来，涨红了脸。

“怎么的？”

“没事，感冒了，这天气，你知道的……咳……”

“好像咳了很久了。”

“几天吧。”

“不是，我是指，好像你常常咳嗽，要不要去医院检查下……”

“咳……不用了，真没事，我自己……咳……我自己还不知道啊。”

这次真的很严重了，但是我不能让张祥森看出来，更直接地说，是不想他知道后告诉程晨。不过可能是我自作多情了，死这回事儿，别人也不一定会难过，我在她心中什么位置我还是清楚的。

“靳海阔，我陪你去医院看下吧，就算是感冒，打点滴也好得快点。”

“不用了，真的……”

我站起身来，“我先走了，你慢慢吃……”可是，我还没有站稳，就被胸腔里剧烈的撕扯声弄晕了，我只感觉眼前一片黑暗，整个人都倒了下去。

那一刻我觉得，是奶奶在叫我。

我讨厌生离死别的场面，特别是以前看见电视里，那握着自己亲人的手一边声嘶力竭地哭喊的一幕总让我觉得难受，其实死和睡觉没有什么区别，只要你不是在痛苦中死去，也就是闭上眼睛，而我的昏迷，在我的咳嗽到来时结束。我仿佛看见远方微微亮起的光，接着是张祥森愁眉苦脸的样子。

“张……祥森。”我很庆幸只看见她，没有看见程晨。

“想喝水吗？”

当人醒来时处于一个陌生的环境下，总会问“我在哪儿”，而我看见铺天盖地的洁白，我就知道我到了该死的医院，手臂上打着点滴，他转身帮我倒水。

“谢谢……咳……”

“靳海阔，为什么瞒着我们呢？”

“什么事啊，呵呵。”

“刚才医生检查，说你肺上的毛病加重了，出现了积水，你……”

“我从来没骗你们啊，我说了我有病，当初是你们不相信而已，好了，没事。”

“你说话的语气好像病人是我一样，靳海阔，这不是开玩笑的！”

“我知道，可是，张祥森，有些事情，就是无能为力，你以为你真的强大到可以去和所有的事情抗衡吗，没有意义，我何不把握时间过让自己开心的生活呢？”

“你……好吧……”

“帮我个忙，别告诉大家，特别是程晨。”

“但是，能瞒多久呢？”

“很快就大四了，大家都会各奔东西，不会有人死死地记得我这条不翻身的臭咸鱼的。张祥森，如果我走了，好好照顾程晨，她是一个好女孩，你知道的。”

“你走不走，我都会好好照顾她。”

“也是啊，你干吗要为了我去照顾她呢？”

“我不是这个意思。”

“行了，别解释，这事情纠结到大家都伤感。”

或许本就不该开启这样的话题，看着张祥森凝重的神情，我笑着拍了拍他，“如果可以，带着程晨走吧，去一个想去的地方，不要再面对这个让你烦心的环境。有时候，我很羡慕我爸爸，可以什么都不管，什么都不在乎，周游各地，其实我也很想像他那样，但是老天不允许，没办法。”

“靳海阔，你真是……”

“张祥森，好好地幸福下去。”刚说完我就后悔了，“我怎么一天婆婆妈妈的，真他妈矫情啊。”

【祥森】

那天看着医生将针管刺进靳海阔的背部，抽掉他肺部积水的时候，我的心狠狠地痛了一下。我难过的不是知道靳海阔肺部积水已经是病入膏肓，而是他依旧笑着和我聊天，强忍着痛苦。医生说，靳海阔暂时不能离开医院，要观察肺部情况，他突然说他要离开，明天还要爬山，已经答应程晨了。

那一刻，我知道靳海阔有多么在乎程晨。

答应和程晨在一起是大三开学后一个月的事。

那时我爸终究离开家，空荡荡的房子里剩下我妈一个人，假期里，我坐在沙发上，时不时就听见厨房传来母亲的哭声，我知道她并不是因为失去了丈夫而难过，而是她辛苦打拼的产业在一夜之间化为乌有，更甚她难过的是自己从面对那些商场上形形色色的人变为这些锅碗瓢盆，还要被自己唯一的儿子不理解，所有的压力让她的哭声越加惨烈。有时候饭桌上的她好像一下老了十几岁，她自顾自地吃完了饭，然后收掉了自己的那部分。

“妈，你不要这样……”有时候我实在受不了这样压抑的气氛。

“你吃完饭把碗洗了，南瓜还吃不吃？不吃我先收了。”

“妈——”

“干什么！”她的脾气很大，有时候甚至想摔掉水池里的碗，“你以为我想过这样的生活吗？”

下楼的时候，还可以听见她给股票中介打电话，企图从股票中捞回她损失惨重的资产，常常在街道上拿起电话破口大骂。

开学之后，我把自己封闭起来，程晨来找我，我几乎没有出门见过她。她就蹲在寝室楼下等，不哭也不闹，就像一个迷路的孩子，只是蹲在男生寝室楼下。靳海阔到我寝室来，让我出去见见程晨，我依旧不理。那些日子，我的心里很烦躁，靠在窗口抽烟，不修边幅得让自己就此堕落。我妈从来不给我打电话，倒让我心里安静很多。

程晨在寝室楼下一等就等了一个月，她没有感动到我，却感动了男生寝室的众多人。有时我悄悄瞥到她的身影，心里莫名地难受。她笑着和每一个人打招呼，然后听见别人说：“你还在等张祥森啊？”她微微点头。那时候，我决定下去见见她。当我再见到她的时候，她瘦了，弯弯的眉毛下那双水灵灵的眼睛笑成一条线，“我就知道你会下来的。”

她刚说完，我就抱住了她，她依旧笑着，“张祥森，我就知道你会下来的……”

“程晨……”

一瞬间，她的眼泪像倾盆大雨一般落下来，“我知道的，我知道的……”

我紧紧地抱着她，我知道我已经开始渐渐喜欢上她了，“别哭了。”

“嗯……”她像一头温顺的小绵羊。

“我答应你。”

“什么？”

“我们在一起吧。”

我知道靳海阔多么喜欢程晨，那种在乎和陪伴让我有些嫉妒。可是，看着病床上的他，当他说那句“如果我走了，好好照顾程晨”的时候，我的心里五味杂陈。当我看见他坚强地撑起微笑时，我的心里难受地打了结。

有时候，靳海阔在我眼中不是一个人，而是像神一样，他永远知道自己需要什么，应该如何，追求什么，在乎什么，肯定什么，否定什么，所以他很少悲伤，其实靳海阔不是咸鱼，而是天使。

靳海阔躺在那里，一点也没有痛苦的表情，他说：“张祥森，你帮我和程晨他们说，我家里有点事，所以不能去了。”

我点点头，然后看着他说：“你就好好待在医院吧，我过两天来看你。”

“其实我自己能应付。”

“别死撑。”

走出医院的时候，我想，自己的痛苦或许真的不是什么痛苦，人生漫漫，像靳海阔这样的人存在着，就会让你觉得生活是有希望的。我第一次发现，我爱生活，哪怕它常常让我觉得并不是万事都平坦，但就像靳海阔说的，不管如何，你要记得有爱你的人一直在等你。

【程晨】

从写字楼出来的时候，我朝Lucky笑着告别，然后搭公交车回家。最近这些日子，我的心情突然好起来，每夜坐在摇晃的公交里，看着华灯初上的街道，我会觉得心中有难得的满足感。

就在昨天，宝宝开口说话了，不过奇怪的是，他叫出声的不像“爸爸”也不像“妈妈”，而像“超人”。想到这里，我突然笑了，我拿出手机来，我要给祥森发一条信息，告诉他这个好消息，当我翻阅电话簿的时候，却先看到了那个陌生的号码，好吧，我决定将这件有趣的事先告诉靳海阔。

在我不确定他是不是靳海阔的前提下，我却心中认定了这个电话号码的所有者是他。

18:55

2010/12/27

收信人　+861376298××××

靳海阔，我宝宝会说话了，他喊出的第一个词居然是“超人”，哈哈。

我收好手机，看着窗外的星辰，因为怀念一个人而怀念很多旧事。

魏兰继续读研了，大康为了等她，而努力奋斗着赚钱，卢菲菲家里应该很热闹，一下就生了两个孩子，乔爽去了深圳，已经很久没有消息了，蚊子和她女朋友代理了一家化妆品，好像生意还不错，而羞涩的小孟好像成了大老板，已经去美国了，叶少修一直为田径比赛努力着，前不久还挤进了锦标赛，唯独靳海阔，我不知道他到底去了哪里。

此时，手机响了起来。

19:02

2010/12/27

发信人　+861376298××××

因为你宝宝看见我了，我就在他身边啊。

我瘪了下嘴巴，然后按起键盘来。

19:04

2010/12/27

收信人　+861376298××××

老是开这样无聊的玩笑，你不要说得这么恐怖好不好。

公交车到站之后，我再没有收到短信，夜晚的风凉到骨子里去了，我抱着双臂，慢慢向家走去。靳海阔的话真把我吓到了，当我钥匙转动房门的时候，我真担心他突然从里面跳出来吓我，而当我打开玄关的吊顶灯时，房间里空空如也，宝宝正安静地躺在摇篮里。

这时Lucky打来电话，说想请一次长假，和Shary一起去中国旅行，问我是否愿意当导游。我想或许这是一个契机，我可以带着宝宝回一次国，然后让祥森在国内等我，汇合后一起回来。如果是这样，一切都再好不过了。我缓缓摇动着宝宝的摇篮，然后笑着应答Lucky，他说他们将有一个系统的计划，期待我的加入。不过这一切我没有办法做主，首先是老板那一关，我没有Lucky这样高的职位，所以很多假期都会受到限制，其次是不知道祥森会不会答应，因为这边的律师事务所也很忙，Lucky说公司那边可以帮我搞定，我想了一会儿，决定问下祥森的意见。

挂断电话后，孩子向我伸手，我抱起他，他就嘟哝着，不知道说什么。两只小手一拍一拍的，开心地笑起来。我点了点他的鼻子，他又叫了一句很模糊的“超人”，我惊讶地看着他，然后摸了摸他的脸颊，“妈妈带你回家看外婆外公好不好？”宝宝只是笑，我翻开电话给祥森拨了一个。

“喂……”

“程晨，怎么了？”

“我想带着孩子回国一趟……”

“怎么突然想起？”

“是这样的，Lucky和他女朋友想去中国旅行，问我是否愿意当导游，至于假期，Lucky可以帮我去商量，只是我想你能够待在国内，等我和宝宝。”

“这两天就要回澳洲了，机票已经订好了。”

“噢……那没关系，算了吧……”

“把机票退了就可以了。”

“啊，如果觉得麻烦，没必要的。”

“我等你，然后我们一家人再一起回澳洲。”

“……”

“你把公司的事情处理好吧，安排好之后联系我。”

是有什么不一样了，在结束与祥森的对话后，我明显感觉到他有些不同了，而这潜移默化中的改变是在什么时候产生的呢？若是曾经的他，一定会因为麻烦而拒绝我的意见，不管我多么有理，而现在，他居然可以为了我的想法而改变自己的计划。

无论如何，事情进展得非常顺利，或者说太过顺利了，让我有些兴奋，我立刻给Lucky打了电话过去，一切就绪。

【海阔】

其实我并没有张祥森想得那么脆弱，每次来帮我抽积水的护士总是会和我开几句玩笑，然后看着我强忍痛苦的表情说：“帅哥，其实你皱眉很好看。”我多半会投以微笑，然后张祥森就在旁边阴沉着脸说：“我真佩服你。”其实我也挺佩服我自己的，照医生说，我的肺部积水越来越多，每天都需要抽一次，不然我就呼吸困难。我窝在床上，听张祥森给我念书，其实他念得挺好的，有时候我觉得他把每一次对我念的内容都当作了比赛的演讲稿，抑扬顿挫，振振有词。

我生病之后，张祥森总是抽空来看我，不过他瞒着其他人，单单一个人过来。

我真正把他当成了好兄弟。

张祥森很闷，坐在我边上说不了几句话，大部分时间是我和他说话，张祥森忧郁的表情好像他是病入膏肓的病人，我是安慰他的医生。整个病房里，常常听见我的笑声，张祥森有时候也会被我逗笑，他微微扬起嘴角说："靳海阔，我都不知道怎么说你了。"

后来我说："张祥森，要不你就拿本书来给我念吧。"我呼吸不均匀，说话也是气若游丝，但是我一笑，张祥森就像什么都知道一样。从那天起，他常常带一本杂志过来给我念，时事，娱乐，体育，笑话……张祥森讲笑话从来都不笑，一本正经地念完后，听见我笑，就问："这个故事笑点在哪里？"然后我感觉浑身僵住，他才微微露出一丝微笑。

当然，我也常常问同一个问题，那就是"程晨好吗？"，对此，张祥森总是沉默一会儿，然后说："挺好的，有我在呢。"但是我每次都对下一个问题欲言又止，那就是"她有没有问起过我……"，不过我知道问不问都没有必要了。

有一天医生帮我检查完后，一边带着鼓励的语气和我说话，一边悄悄对护士摇头，其实这些小动作我都尽收眼底。张祥森看着他们，就故意找话题来和我说话。

"靳海阔，我觉得你的存在会让很多人活着有压力。"

"是吗，哈哈，我还真没考虑到这个问题。"

"你知道今天什么日子吗？"

"呃，不太清楚，你的生日吗，还是什么节？"

"不是，今天放假了，大家都回家了，我们已经是准大四的学生了。"

"大四啊，好快，奶奶带我去医院改体检报告好像还是昨天的事……"

"其实……靳海阔，程晨常常问起你，我总是编着理由骗她，你的手机一直关着，她说很担心你，我说你给我打了电话，家里的事忙完了，就去深圳实习了，所以，暂时见不了。”

“谢谢你。”一时间，我突然笑不出来了。

我突然很想念她，那个我悄悄喜欢了三年的女孩，那个在第一天把身份证落在我身旁的女孩，那个因为答不上来问题听我传小话的女孩，那个总是摆乌龙显得一脸无辜的女孩，那个叫我“无敌超人”的女孩，那个敢于追求自己幸福的女孩，那个叫着程晨的女孩。

“张祥森……如果我死了，能麻烦你一下吗？”

“你不会死的。”

“我自己清楚，我从来不对自己撒谎。你先答应我，可以吗？因为我家里已经没有人了。”

“……”

“答应我……咳……”该死的，我又开始咳嗽了。

“嗯。”

“谢谢你。”

【祥森】

我一直没有告诉靳海阔一件事。

当我坐在他病床旁边，帮他削完苹果的时候，我只是看着他笑嘻嘻地对我说“谢谢”。我害怕看见靳海阔这样阳光的笑容，好像我从黑暗的隧道走出去，突然被阳光刺伤双眼一样。当他笑容满面地面对那些冰冷的针头时，我心里难过得想哭。

就在我来医院之前，我看着程晨，突发奇想地问了句：“程晨，你喜欢过靳海阔吗？”

沉默了半晌，她歪了歪嘴巴，然后说：“什么意思嘛……”

“没事，只是问问，因为我觉得他，可以的。”

“可以不可以我还不知道啊，我一直把他当好朋友，你知道的。”

“嗯，我知道。”走了几步路，我侧过脸看她，“那如果有一天你失去了他，会难过吗？”

程晨和我都没有说话，看着来来往往的人，我们停下了脚步，程晨突然有些焦急，“是不是靳海阔出了什么事？”

“没有，他好得很……”我很违心地又一次说谎了，我尽量让自己的表情显得没有破绽。

“那就行了，放心吧，上次她给了我一张心愿卡，答应我会帮我完成三个愿望，我故意留着最后一个愿望的，所以，无论如何他都不可能不理我的。”

“好吧。”听见程晨的这些话，我终于开口说出了我的决定，“我们出国吧，去外面的世界看一看……”

“什么？”

“我妈打点好了一切，她想我出国，如果你愿意跟我一起走。”

“我……”

“我会安排好一切，你要相信我。”

“可是，我还没有准备好……”

“你有想去的地方吗？”

“墨尔本……”她几乎没有任何考虑，“我听说那里有最蓝的天空，像花园一样……”

"如果我带你去，你会跟我走吗？"

当我把苹果交到靳海阔手里的时候，我心里打鼓不知道该不该告诉他，就在我要开口的时候，他问了我一句："程晨还好吗？"心中翻了无数遍的话终于还是咽了下去。

"挺好的。"

"那就好了……"

其实我知道，他还是那么喜欢程晨，如果现在，在一个快要离开人世的病人面前，告诉他他喜欢的人将要和别人离开故国前往他乡，会不会是一件残忍的事情？

答案是肯定的。

"靳海阔，今天我想念一篇诗给你听。"

"你念吧。"

"泰戈尔的《飞鸟集》中的一篇。"

"嗯。"

旁边的老爷爷说："你们是俩兄弟吧，看着你每天都来看他。"靳海阔抢过我的话先说："是的，爷爷你眼光真好，他是我哥……"然后眨了眨他的眼睛。老爷爷笑呵呵地看着我，"真是一位好哥哥。"这时我突然想哭了，靳海阔，你知道吗，我对你一点都不好，我有多自私，我就要带着程晨去墨尔本了，但是我却没有办法告诉你。靳海阔点了点头，然后猛烈咳嗽起来，我轻轻拍着他的背，我知道我的眼泪掉了下来，落进了他的衣领里，靳海阔抓住我的手，"别哭——"他几乎是用最后的力气说出来的。

但是我真的忍不住了，靳海阔，你让我悄悄落几滴泪吧。

【程晨】

我们吃饭的时候，大康总是被魏兰骂得狗血淋头，这也不准，那也不许，最后大康憋屈地坐在一边，我们所有人都哈哈大笑起来。平时这个时候，笑声最开朗的应该是靳海阔，但是，已经很长时间没有见到他了。听祥森说，他回家有很重要的事，向学校请了长假，办完事就期末了，他会去深圳实习。而我很奇怪的是，大康和蚊子他们都不知道，祥森却了解得很清楚，不过，有消息来源总是好的。

夜里我想给靳海阔打电话，问问他最近怎么样，可是他电话关机，我只有发信息。好在，有时候，他还会回我。和祥森说的一样，他果然是家里有要事，而人已经在去深圳的路上了。

那天夜里，魏兰突然哭了，她说马上就大四了，她准备考研，而大康准备工作了，两个人终究要分开。我跑到魏兰的床上，拍着她的肩膀说："没事，如果大康真的喜欢你，他会等你的。"魏兰摇摇头，"等待是不现实的，有一天大康会因为枯燥而选择放弃，若是遇上合适的，他们就结束了。"其实魏兰的话不无道理，等待是不现实的，我和祥森呢，我也从来没有想过我们的未来。

辗转反侧间我想了很多，看着魏兰难过，我也莫名地伤心起来，卢菲菲说，她就不找对象不结婚，就不会为情感苦恼了，魏兰把枕头扔过去，骂了她两句，卢菲菲就关灯睡觉了。

其实，大四一来，我们就要面临很多事情了，分离，就业，种种负担和烦恼，而靳海阔已经提前一步去实习了，我不知道我该去哪里。

就在一个星期后，祥森问我是否愿意和他出国。

我说我想去墨尔本，不知道为什么，我记得靳海阔离开前和我说过，他爸爸去过很多地方，每去一个地方都会给他寄一张照片来，而他最喜欢的地方就是墨尔本。

但是，祥森问我，如果跟他去，我愿意走吗？

我愿意走吗？我自己也不知道，要我漂洋过海，离开这个我生活了二十一年的故土，前往一个陌生的国度，我的内心是恐惧的，我不知道我应该如何去和当地的人们交流，因为我的英语并不好，我不知道我能够靠什么能力生活下去，虽然祥森的眼神很坚定，并告诉我，一切都不用担心，但是我还是怕，我不知道我应该怎么做。

于是，我给靳海阔发了一条短信，我想知道他的看法。

良久，他回了一条——跟着心的方向走吧。

我拿着手机，手微微颤抖着，这算什么答案，我简直想摔掉手机，然后狠狠地骂他两句，我按了回拨键。

“喂……”

“靳海阔！”

“呵呵，怎么了……”

“你这算哪门子的建议嘛，我真的不知道我该不该走！”

“你喜欢他吗？”

“……喜欢。”

“如果能够和他生活在一起，你开心吗？”

"我想，应该会开心吧。"

"那么，不要犹豫了，跟着他走吧……"

"你在干什么？"

"我在睡觉啦，明天还要上班。"

"噢，那不打扰你了。"

"程晨……"

"什么？"

"没事，我想说，你开心就好。"

"傻乎乎的，好啦，我挂了。"

深深地吸了一口气，其实靳海阔说得对，这不正是我一直想要的结局吗，和张祥森幸福地在一起，和他远走高飞，在一个新的地方开始新的生活。如果要我等，我能等吗，不能，魏兰说得没错，没有等待的爱情，只有等待的破裂，所以，这一次我不能再放弃了。但为什么我还要犹豫呢，我在想什么呢，靳海阔，我是不是舍不得自己的国家，我是不是舍不得这些爱我的人，我是不是舍不得……你呢。

我打了电话给祥森，只说了一句。

"我答应你。"

【海阔】

我不知道是不是自己产生幻觉了，还是电视里真的在演《熊猫京京》，这是多少年前的动画片了，居然会翻出来重播。我躺在病床上，虚弱地看着这个世界，张祥森昨天没有来，我知道他应该不会来了，他开始准备出国的事情了吧，可我刚刚这样想，就看见了张祥森，他慢慢地走到我面前。

我要张开嘴唇说话是一件很费力的事情，这个病真奇怪，说来就来了，让我一点喘息的机会都没有，肺部的积水让我一直喘着粗气。

“靳海阔，难受吗？”

我摇摇头，依旧像过去那样笑笑。

“想了很久，我还是决定告诉你，我和程晨要出国了。这个决定很突然，是因为我想带着她离开这里，重新开始新的生活。”

我好像看见了窗外的阳光，伸手拉张祥森坐下来。

“你怪我吗？”

我摇摇头，“不……”

“如果程晨知道你不在了，她会难受的。”

“我知道，所以……不要……不要告诉她。”

他点点头，然后说：“你怕死吗？”这个问题，让我想笑，曾几何时，奶奶在医院拉着我的手，问过我这个问题，我勉强地发出声来，“不怕……”

今天的阳光多好啊，张祥森，谢谢你。帮我好好照顾程晨，不，是为你自己，程晨是一个好女孩，你也是一个优秀的青年，你们郎才女貌，在一起会很幸福的。

张祥森，真的，“死”这件事没有你想得那么可怕，可怕的是“死”前有太多的舍不得，你抛不下就会特别恐惧，因为一夜之间，你所有的财富都不再属于你，不管是物质的，还是精神的。

但是，张祥森，人都逃不过这一劫，能来这个世上兜一圈，我已经很开心了。

认识了程晨，大康，蚊子，小孟，魏兰她们，当然还有你。

我们约好不哭行吗，让我笑到最后，以前不是说，笑到最后是赢家吗，我想做那个大赢家，你看怎么样?

今天的阳光真的很好，我想出去走走，但是我如果不靠着这个氧气瓶，我就活不下去了。

我真的想好好呼吸一下这个世界的空气。

【程晨】

我和Lucky到达飞机场的时候，他正在和Shary聊天，短短的这段日子里，他们已经非常默契，让我分外开心。当自动门打开的时候，我突然想起了很多年前，我和祥森第一次出国的情景。依旧是这样人潮拥挤，来往的行人拖着各自的行李箱，用着各种语言交谈着。而那时候的祥森就牵着我的手，带我到达国际出口的询问处，用流利的英语与询问台的人员交谈。

“程晨，我们就要走了，你要不要给你爸妈打个电话？”

“不用了，昨天晚上和他们打电话我都哭了一夜，眼睛都肿了。”

“噢，那要不要给魏兰她们说一声？”

“不用了，之后再联系吧，我想，给靳海阔打一个……”

“你打吧……”

“你不介意吧？”

“不。”

Lucky问我要不要喝点水，等下进安检了，要把饮料回收，我挥手谢绝，然后看着手表，很快就可以去换登机牌了。宝宝捏了捏我的手，然后蹦了蹦，“乖，很快我们就能见到爸爸了。”

我拿出手机，突然想发一条信息。

19:04

2010/12/30

收信人　+861376298××××

靳海阔，我马上要回国了，我很想你。

【海阔】

我不知道她会不会打电话来，今天是她离境的日子，虽然是抱着侥幸心理，但我还是打开了手机。

很久以来，我一直都在想着自己到底什么时候死，所以抓紧时间过每一天，尽量让自己都开心，可是生活难免有遗憾，在我即将要离开的日子，我知道，这份遗憾我会带进土里了。奶奶说，爸爸不是他的亲生儿子，但是她却依旧默默地付出着，而我呢，跟奶奶一样，程晨不是我的女朋友，我也愿意看见她天天开心。其实，人不一定非要去盘算自己的行动到底值不值得，因为那样你会为你想做的事情而斤斤计较起来，反倒是考虑愿不愿意，那么你就会坦然很多。

我这一生，没有恨过任何人，就算是从来没有付出过责任的爸妈，我依旧是带着爱来怀念他们，因为他们才有了我，让我知道，这个世界上有这么一群可爱的人，让我知道原来世上有一个叫程晨的可爱女孩，让我来过这个世界，爸爸还用照片让我知道世界有多么美好。

我终究是一个幸福的人。想到这里，手机突然响了，我迟缓地拿过来，我知道是她。

“靳海阔……”

“嗯……”

“我要走了，哎，我以为你会来送行的，不过想想，你在深圳，也太远了，没办法啊。”

“嗯……”

“喂，你都不想和我多说说话吗，或许很久都见不到了噢。”

“如果……咳，有需要，发信息给我……”

“你知道吗，我烦死了，祥森说叫我先走，他还要留在这里，说是有什么事情，我就问为什么不能和他一起走，他就一脸严肃的表情，真是讨厌死了。”

“他……会来的。”

“你怎么听起来很累啊，你在睡觉吗？”

“嗯……”

“哎呀，靳海阔，你不能这么懒了，要勤快起来，老实说，你是不是上班的时候在偷懒？”

“人生不必总是那么激进啊……”

“叫你贫，我想下，几年后，我回国，带着自己的孩子来见你，到时候，你也应该有孩子了吧，到时候他们一定会成为朋友的。”

“嗯……”程晨，你能再想远一点吗，想到我们七老八十，都走不动路的时候，想到那时候我们儿孙满堂，想到我们可以长久地一直聊下去。

但是现在，我的氧气瓶出了问题，我已经喘不过气来了，可我还是听着你在笑，我也不是那么痛苦了。

“医生！医生！3号床病人在抽搐！”

“医生，快点过来……”

“程……晨……”

“呃？怎么了嘛，怎么好像没有精神，是不是我要走了，你舍不得啊，哈哈。”

“嗯……”

“我不会忘记你的，无敌超人！”

“呵……”

“好了，我要走了……”

“祝你……幸福……”

“医生！”

“马上加压，快点，趁心跳还没停止！”

“快点！”

我的头好像很重，我看着窗外的阳光，我知道有一天我也会变成其中的一缕，普照着大地，其实最后的一秒，我是想说，程晨，我喜欢你，你知道不知道呢?

第十章完

尾 声

在国际航班的候机厅里，程晨看着Lucky和Shary突然有些感动，其实人这一辈子，能够和自己喜欢的人在一起是最幸福的事情。她看着自己的孩子，摸着他的额头，轻轻地说："宝宝，睡吧……"她安静地坐在椅子上，外面的飞机一班又一班地着陆，而她的手机一直没有响过。

在墨尔本的第二年，张祥森在事业上站稳了脚跟，他开着车带着程晨到了附近的山脚下，看着云雾缭绕的山顶，很久没有说话。张祥森牵着程晨的手，慢慢地走在山路上，那个傍晚，突然下起了大雨，而张祥森依旧义无反顾地牵着她，最后，他说："我们就这样一直走下去，好吗？"程晨永远记得那时张祥森坚定的眼神和自信的语气，和他在法庭上挥斥方遒别无两样，程晨用力抓紧了张祥森的手。暴雨之后，他们浑身湿淋淋地回家，程晨看着他，这个她在大学时便深爱的少年，如今已经渐渐成熟起来。

她说："我们结婚吧……"

婚礼如期举行，程晨在婚礼上看见了很多人，但唯独没有靳海阔。新郎穿着西装英俊地站在人群中，她一眼望过去，正是那个她朝思暮想的男人，可是，为什么这么豪华盛大的婚礼却让她有些失落呢。

每个女孩的人生中都有一个男孩，一个不是自己最爱却极为看重的男孩。

每个少女的人生中都有一个少年，一个可以为你默默奉献，看着你幸福的少年。

但每个女人，却只能有一个男人，这个男人是和你朝朝暮暮，相守到老的男人。

他不是男孩，也不是少年，他是你的丈夫。

程晨把花球抛到了魏兰的身上，退场后悄悄地哭了。她心中在乎的人，没有在她最开心的时候出现，她难过得想扔掉电话。

时间渐渐过去，一年，两年，岁月的棱角被渐渐磨平，程晨知道，每个人都有自己的世界，他们来到你的身边，和你产生交集，在你不经意的某个时间里，悄悄离开。谁也无法成为谁世界中的永恒。

所以，靳海阔一定在他的世界里幸福着。

程晨总是这样和自己说。

程晨回过神来，那个漂亮的金发小姐已经在拿着喇叭通知乘客上机，宝宝已经熟睡了，再过不久，她就可以回到阔别已久的家乡，可以见到小别数日的丈夫，重要的是，希望能够见到靳海阔，像学生时期那样冲他大吼大叫，肆无忌惮。

像他那么美好的人，应该早就遇到自己心仪的女孩子了吧。

或许早已为人夫，为人父。

“我是因为你，才到墨尔本的，我终于看到了你当年所说的美景，只是，我连拍了照片都不知道该怎么寄给你呢。”

几年后，通信已经变得越来越便捷，人和人之间的距离也变得越来越近，世界变小了吗？可丢失在时间里的人，一样无从寻觅。

而与此同时，世界另一头的某个角落，行驶的出租车渐渐在破旧的筒子楼前停了下来。

“就开到这里好吗？前面在修路，过不去了。”

男子笑了笑点点头，然后打开车门走了出去。

司机看着这个戴着墨镜的奇怪先生，没有多问，开车离开了。

但是没有人知道，他翻开手机看见信息的那一刻，突然流下了眼泪。他关掉手机，沿着锈迹斑斑的栏杆向楼上走去。

“无敌超人，你还差我一个愿望哦，天涯海角，我都要追到你，不许赖皮！”

他看着窗户外熙来攘往的人群，眼泪禁不住掉了下来，好像一下过去了很多年，海海人生的岁月里，一直有一个声音永久地回荡着。

那一句从未说出口，也永远不会说出口的话。

“我喜欢你。”

这时，孩子突然从睡梦中醒了过来，伸出小手去抓程晨的衣角，程晨捏了捏孩子的小脸，笑着说：“张海阔，是不是要见爸爸了，你也很兴奋呢？”

宝宝顽皮地拍了拍手。

全文完

番外　礼物

靳海阔这么多年收到的生日礼物中，最让他难忘的，还是中考结束的那个夏天，父亲送给他的那份礼物。

那个夏天，父亲第一次回到家带他去吃了中央公园附近的饺子。时间过去了那么久，靳海阔都很难忘记那顿饺子的味道。

他对父亲的印象一直很模糊，但奇怪的是，两父子相处的时候，彼此都没有什么陌生感。靳爸开口说的第一句话竟然是“我像你这么大的时候，已经开始追你妈了”，当时靳海阔的饺子还没咽下去，就“咳咳咳”地呛出了鼻涕。靳爸就像恶作剧的坏家伙，哈哈大笑起来，然后送给了靳海阔人生中第一盒避孕套。

靳爸说：“不要以为18岁才是成年，你要知道男生比女生更容易犯下不可逆转的错误。”

那是靳爸第一次出于一个父亲应尽之责对海阔上的性教育课，他告诉海阔，西方家庭总是第一时间告诉孩子如何最有效地保护自己。

没多久，父亲就离开了，据说是去新西兰，而那盒套子，就这么被靳海阔放在了书桌上，一直到过期为止。

最后不是他扔掉的，是奶奶扔掉的。

那一年，靳海阔逃课在漫画屋里看富坚义博的《猎人》，他总是幻想自己老爸可能也是在世界的各个角落行侠仗义，有一天他会和他一样，虽然老爸并没有陪伴他太多的时光，但在靳海阔眼中，老爸一直是他的偶像。

那时候，靳海阔还没有遇到过喜欢的女生，但是他对自己说，如果真的遇到了，他肯定会大胆地告诉对方，绝不退缩，绝不逃避，绝不闷在心里。就像《猎人》里的小杰一样，勇往直前。

在靳海阔的童年里，虽然大部分时间都是奶奶在陪伴自己，但其实他也偶尔会去看望一下自己的外公。靳海阔的外公在很远很远的小镇上，外公和其他老人一起住在养老院里，外公要进养老院是他自己提出来的，他一直不希望自己成为妈妈的拖累。送外公去养老院的时候，外公已经有些老年痴呆了，他常常记不住回家的路，有时候还乱认人。靳海阔其实和外公也挺亲的，但自从外公去了养老院之后，靳海阔就只能很长一段时间才见他一次了。

海阔再见到外公的时候，外公已经认不出他来了，他要和外公解释自己是谁，解释妈妈是谁，甚至解释外公是谁，但是外公什么都听不进去，他只会拉着靳海阔说："外面蚊子多，进去坐，喝个茶。"几乎每次都是一样的话。

海阔记得自己还小的时候，外公总是把海阔架在自己脖子上，然后指着世间万物告诉海阔，这是什么，那是什么，海阔认识这个世界，有一半的功劳都归功在外公身上。不过，外公很快就老了，海阔出生的那年，外公已经六十三岁了，只是当时海阔小，六十三岁对于他来说，并不知道那已经是苍老的年龄了。等到海阔可以长大可以和外公交流的时候，外公已经不太能分清海阔到底是谁了。

外公经常坐在椅子上，戴着一副老花眼镜看《三国演义》，他总是抱怨字太小了，为什么这么小，他要将书举得很远，才能看清楚一些，后来，海阔就做起了外公的读书人，那本三国是很老的版本，定价五毛三，封皮已经翻得残缺了，但对外公来说，那本书似乎很重要。

后来海阔才知道，原来那本书是妈妈小时候，每次睡觉哭，外公为了哄她入睡买的，妈妈不爱听三国的故事，但是外公很爱讲，有时候还比画比画动作，外公叹气说，小茹不喜欢听了，她长大一点就懂这本书多好看了，哎……

小茹是海阔的妈妈，外公只记得给小茹讲故事，什么也不记得了。

海阔有时候想，其实人只记得自己想记得的事情，也挺好的，人这一生，烦恼太多，高兴的事情其实却那么少。海阔站在外公身后帮他拔白头发，外公就这么安然地睡着。

外公也不是完全糊涂的，有时候，他也会清醒一阵子，每次清醒的时候，他就会和海阔说很多话，他告诉海阔，有时候死其实没那么可怕，只是遗憾，自己只能陪伴亲人非常短暂的时光，有时候只是想看看自己的子孙健康成长，成家立业，站在他们身后，一直为他们加油打气，如果自己走了，他们就要孤军奋战了，多可怜。

海阔听着外公讲这些的时候，从未想过，有一天，爸爸妈妈也就这样走了，自己也要变成孤军奋战的一个人。那时候他觉得时光还很长，长到他觉得长大都是一件很遥远的事情。

外公去世的那天，海阔还是像往常一样站在他身后帮他拔白头发，外公还在念叨着“小茹明天就生日了，该给她买条像样的裙子”，海阔不以为然，没有去想太多，突然外公就不说话了，海阔以为他睡着了，直到给他盖毯子的时候，才发现他浑身冰凉，那本《三国演义》就这样掉在了地上。

那是海阔哭得最惨的一次，他趴在外公的脚边，抽泣得浑身颤抖。

外公的葬礼上，海阔妈妈晕倒在了现场，海阔把那本《三国演义》交到妈妈手上，妈妈彻底失声痛哭。

“今天起，我就没有爸爸了。”

妈妈好像一下子变成了外公口中的那个小茹，外公还没来得及给她买新裙子，外公就走了。

外公走后，靳海阔跟着妈妈去养老院收拾外公的遗物，在外公房间的抽屉里，放着几本日历，海阔注意到那本日历上画圈的日子，红色的圈是小茹的生日，小茹结婚的日子，小茹生下海阔的日子，小茹送他来养老院的日子，而蓝色的圈是小茹来看自己的日子，蓝色的圈很少，少到只有一两次。

海阔突然想起外公说的话，原来小茹长大了，也就不需要爸爸保护了，慢慢地，也就是到了爸爸该离开的时候了。

这件事在海阔的心中一直印象深刻。

几年后，海阔遇到程晨，正是他人生最糟糕的时候，但是或许就是想到了外公的话，当一个人决定保护另一个人的时候，生活就变得有意义起来。

靳海阔也有一本日历，但他没有告诉过任何人，那本日历上，是他给自己的倒计时，因为害怕每一天都是最后一天，所以每天早上，靳海阔都会把自己想要和程晨说的话写在日历上。

“加油”是他写得最多的，既是说给程晨听，也是说给自己听。

靳海阔不是没想过和程晨表露心意，距离表白最近的时刻，是他和她站在体育馆看烟花的时刻，有那么一瞬间，他很想牵着程晨的手，告诉她自己喜欢她，但在烟花消散的那一刻，他又突然醒悟，再美的烟花，稍纵即逝之后，就是寂静的夜空和永无止境的失落。让一个人越开心，就越容易让一个人难过。

靳海阔拍过程晨的头。

也笑过她傻。

他骑单车载过她。

也在她酒醉的时候背过她回宿舍。

那天夜里，程晨喝完白酒朝着男生宿舍向张祥森表白的那天晚上，靳海阔背着她走了很长很长的一段路，那段路上，突然飘起了小雨，他不敢走太快，一走快，就喘不过气来，程晨喝醉了其实很安静，一路上什么话也没有说，只是轻轻地打着呼噜，而海阔却悄悄地说了好多话。

“别人都说喜欢一个人的时候很辛苦，如果对方不知道你喜欢她，更辛苦，但是不知道为什么，喜欢你，对于我来说，是比和身体病魔抗衡轻松太多的事情了。”

“你知道吗，我从上小学开始就憧憬着上大学，哈，不是我多有理想，而是每一次的家长会我爸妈都没有办法到场，那时候老师就会特别烦我，可我听说，大学是没有家长会的，老师也不会因为父母缺席而怪罪于我，我就想，真好啊，那我赶紧上大学吧。可是现在，我倒有些怀念那些开家长会的日子了，虽然他们都没有参加过，但至少我知道他们还在。”

“你说，我还能活多久呢，我自己也不知道，但是如果我还能活到结婚那天，也是蛮尴尬的吧，和喜欢的人步入礼堂，可我父母却依旧不能到场，不是我怕别人闲言碎语，而是真遗憾，他们看不到我喜欢的姑娘。”

“不知道是你喝多了，还是我喝多了呢，一下子说了这么多话，就当我对着空气发发牢骚吧。”

那天晚上，靳海阔躺在床上，听大康他们聊天，突然就听到了“灾星”这个词，他想了想，好像自己还蛮像大康口中所说的灾星的，和自己最亲的人，一个一个都离开了，按照这样的理论，如果程晨成为了自己最亲的人，是不是也要离开了，想想靳海阔就觉得恐怖，立马摇了摇头，捂着被子睡了过去。

其实身体糟不糟糕，自己比谁都清楚，靳海阔知道自己的咳嗽越来越厉害了，就是这个时候，他突然明白了外公那个时候那么迫切地想要翻开那本《三国演义》的原因。

靳海阔为程晨准备的那张心愿卡，其实心里早就想好了，他太清楚程晨的性格，肯定一下子就会用掉两个，而第三个会作为一个约定，和他保持着某种联系。（毕竟电视里都是这么演的嘛！）但是靳海阔自己也私自做了决定，他一开始就想好了第三个愿望要帮程晨实现的是什么。

他会让张祥森答应程晨的，无论如何，这是他必须做的。

只要——

只要程晨不是自己最亲的那个人，或者说，她成了别人的亲人，那么病痛死亡就会离她尽可能远一点。

虽然靳海阔对于这样的想法觉得幼稚，但他还是非常笃定，这是他必须做的事情。

如果说可以，靳海阔当然不希望走得那么快，对于短暂的人生而言，未完成的事情还有那么多，前面的路他还没有去过，他想起《猎人》里的小杰，横冲直撞地离开小岛，一路上和奇犽他们经历的那些风云变幻，自己就觉得人生真是单调啊。归根结底，他始终没有办法长成为一个大人了，不能去上班，去奋斗，去奔波，他想起了童话中的彼得潘，他永远也长不大，在neverland上欢快地玩耍，换作以前，靳海阔也觉得，不长大多好啊，不长大就没有长大后的烦恼，不用去面对那些违背自我的是是非非，可是这一刻，靳海阔觉得，不长大原来才是人生最无法消除的遗憾。

靳海阔撑过了很多个发高烧的夜晚，他觉得那应该和小时候一样，多盖几张被子，多出一点汗，就会好的小病，可是这一次，他知道，不管盖多少被子，出多少汗都没有用了。

夜里的靳海阔突然想起爸爸送给自己的那盒避孕套，那个象征着他成年的礼物，不是猥琐也不是使坏，靳海阔是真的想，如果自己那天拆开那个包装看看就好了，也不至于到快要离开这个世界的时候，还不知道它是什么样子。

人的一生中，要收到成千上万的礼物，而靳海阔能送给程晨的，只有一张包含了三个心愿的心愿卡。

靳海阔也有个心愿，在张祥森靠着床头帮他削苹果的时候，他将“无敌超人”和“无助少女”的故事讲给了张祥森听，半开玩笑地说：“如果啊，我要不是活不长了，程晨我是肯定不会让给你的。”

张祥森不知道靳海阔是在开玩笑，或者说他对于这件事也有些耿耿于怀，他的苹果削到一半，手里拿着的那把刀子停在半空。

“啊喂，你……你不是想趁机杀了我吧。”靳海阔看着刀子一闪一闪的，突然大叫起来。

“神经。”

“喂，张祥森，要是我不在了，你代替我，成为程晨的无敌超人吧。”

张祥森把削好的苹果递到靳海阔的手上，“吃吧。”

“喂，你还没答应我呢。”

张祥森一言不发地起身，拿着水杯往外走，不一会儿，他端着热水杯进来，把剥好的药片放在杯子旁边，“吃了苹果过后，半个小时再吃这个药。”张祥森看了看手腕上的表，然后说：“待会儿我还有点事，要去一趟行政楼，就先不陪你了。”

靳海阔吹了口气，“喂，你还没答应我呢。”

那天的天气很好，阳光从窗外照进来，张祥森顿了顿，说：“你和程晨一天生日吧？”

“你……怎么知道？”靳海阔有些诧异，或者说像是自己的小秘密居然被情敌发现了，有些不甘心。

“送你来医院的时候，挂号看病要你的信息，我迫不得已看了你身份证。”

“那就是咯。”

“虽然，我不是很清楚你家里人为什么不来看你，不过，今年的生日，我会为你准备一份礼物。”

“不用了吧。”

“顺手而已。”

靳海阔嘴上不说，心里却很开心，就是冲着张祥森的这份礼物，他也要多活几天才行啊。靳海阔看着手机里的日期，距离生日还有那么久，他的视线突然就虚弱了，靠着枕头在心里默念，几个月也是可以撑过去的吧。

张祥森的那份礼物，最终也没有送出去，那一年程晨的生日是和他一起在墨尔本的餐厅度过的，张祥森送出礼物的那瞬间，突然想到背包里一直带着的那份，永远也送不出去的礼物。

靳海阔卧在床上，闭上眼睛，他听见了外公叫他，也听见了奶奶叫他，他们都离他很近，但是他眼皮重到他始终抬不起来好好看看他们的模样。

病床边上，靳海阔按动了张祥森留下的收音机，里面放着五月天的《时光机》，靳海阔听着听着就笑了。

他像是听见了风声。

又像是听见了海声。

但他脑子里回荡的，始终是张祥森出门前的那句答案。

“抱歉，这个世上，永远没有谁能代替谁。”

靳海阔的手机又响了，电话是程晨打过来的，他接通的第一瞬间，想问程晨一句，你以后会忘记我吧？想了想，还是问，你以后不会忘记我吧？

可是，靳海阔一句也没有问出来。

那通电话最终因为信号不好，程晨始终没有听到他的声音，再拨过来的时候，手机已经没电了。

靳海阔窝在被子里，自言自语地说，我不会忘记你，就够了。

收音机的歌还在放，可海阔已经睡着了，明天还能睁开眼看见太阳吗？

外公是不是那时候每天夜里也这样想？

完

2018年再版后记

《睡在你的回忆里》这本小说出版的七年之后，我突然有些怀念它。

我第一次写这本书的时候，只花费了一个月的时间，当时我的内心有非常强烈的倾诉欲，特别是当海阔这个人物在脑子里成型之后，文思就没有中断过。然而七年之后，当我重新打开这个故事的文档时，我却花了很长的时间去重读它，这个故事原本并不复杂，然而耗时的是，当我此刻重新站在每个人物的角度去感受他们的时候，我觉得他们比我最初创作时更鲜活了。

七年前，我和编辑说我要写一个身患绝症的少年奋不顾身去为爱疯狂的故事时，编辑很担心我把这个故事写得矫情又暗黑，但最后我交出前两章给他的时候，他给了我非常肯定的鼓励。

2010年的夏天，我第一次在北京过暑假，借住在编辑家里，每天写好一章给他看，然后听他的意见进行修改，这样的岁月，大概一辈子也不会有了。几年后，我和编辑分道扬镳，但依旧是非常要好的朋友，他还在做着图书，有时候自己也写写东西，去年年初的时候，还告诉我他正在弄的几个影视项目。2010年的时候，他还是一个刚入社会不久的青年，几年过去了，他已经在北京买了房，也搬离了当年我写这本书的那个小屋子，他说时间过得很快，他还像以前一样叫我光仔，但是连我一晃也都快要30岁了。

在初版的时候，我没有写后记，只有一篇很短的序言，但是再版的时候，我觉得有必要说一些话，来为当年读出这个故事的朋友们解答一些疑惑。

我知道很多人对靳海阔的生死格外关心，很好奇尾声里出现的那个黑衣男人到底是不是海阔，还有给程晨发信息过去的那个人到底是海阔还是祥森，对于这个答案，我在这次的修订版里，特别添加了一篇名为《礼物》的番外，从番外中，你们应该能读到一些答案。

我不是一个在创作中喜欢将一切都写得清清楚楚明明白白的人，这样会失去你在阅读时自我的判断和推测，从而让你在整个阅读过程中失去一些乐趣。所以，当年我给了一个非常开放的结局，对于海阔的生死，不说明，是因为他的生死决定于你心中既定认为的结局。

墓地之中，是否有海阔，这是海阔和祥森之间的秘密，也是永远无法告诉世人的秘密，因为不管海阔是否活着，他都不会再参与到程晨和祥森之间的关系中去。

我很开心这本书能够在七年之后再度面世，也为我弥补了当年出版时的一些小遗憾。我的大学已经成为回忆，那些和我亲密无间的朋友们也都一个个散落在了天涯各地。大康，蚊子，小孟，都是我曾经大学时几个室友的真实写照，当然出于小说的剧情需求，也稍作了修改和加工。可重读的时候，我真切地想起了自己的大学时代。

再回首，故事中依旧存在很多问题，可我最后选择了将它们留下，它们是我20岁的那个夏天，自信满满写下的文字，所以我希望自己能够信任20岁的自己。更重要的是，曾经的我一直觉得海阔这样的人距离自己很远，很希望自己能够和他一样乐观，而时过境迁，当我经历了许多是是非非之后，我的心态也一步步在变好，感谢海阔曾经带给我的力量，一直陪伴了我这么多年。

我没想到时间过得这么快，在这些年，放弃写作，又重新回到写作的舞台上，一直追寻的，始终只有一个信念——好好讲故事。

这些年过去了，我对于这个信念有了进一步的理解，一个故事本身的好坏取决于你对这个故事本身的相信程度，以及你对自己笔下的人物是否信任。

值得开心的是，它是一个好故事，值得被更多的人去知道。

这一次的版本，每一章都添加了一首BGM，把所有的歌连着听一遍，大概就能理解海阔的人生了吧。

2017年12月3日　冬

于北京